Senhor do Submundo

Universo dos Livros Editora Ltda.
Avenida Ordem e Progresso, 157 - 8º andar - Conj. 803
CEP 01141-030 - Barra Funda - São Paulo/SP
Telefone: (11) 3392-3336
www.universodoslivros.com.br
e-mail: editor@universodoslivros.com.br

Serena Valentino

Senhor do Submundo

A história de Hades

São Paulo
2023

Grupo Editorial
UNIVERSO DOS LIVROS

Fire & Fate

Copyright © 2023 Disney Enterprises, Inc. All rights reserved.
Published by Disney • Hyperion, an imprint of Disney Book Group.

© 2023 by Universo dos Livros
Todos os direitos reservados e protegidos pela Lei 9.610 de 19/02/1998.

Nenhuma parte deste livro, sem autorização prévia por escrito da editora, poderá ser reproduzida ou transmitida sejam quais forem os meios empregados: eletrônicos, mecânicos, fotográficos, gravação ou quaisquer outros.

Diretor editorial: Luis Matos
Gerente editorial: Marcia Batista
Assistentes editoriais: Letícia Nakamura e Raquel F. Abranches
Tradução: Jacqueline Valpassos
Preparação: Nathalia Ferrarezi
Revisão: Rafael Bisoffi e Tássia Carvalho
Arte: Renato Klisman
Ilustração da capa: Jeffrey Thomas

Dados Internacionais de Catalogação na Publicação (CIP)
Angélica Ilacqua CRB-8/7057

V252p	Valentino, Serena
	Senhor do submundo : a história de Hades / Serena Valentino ; tradução de Jacqueline Valpassos. — São Paulo : Universo dos Livros, 2023.
	176 p. (Coleção Vilões da Disney ; 10)
	ISBN 978-65-5609-368-0
	Título original: *Fire and fate*
	1. Ficção infantojuvenil norte-americana 2. Super-vilões I. Título II. Valpassos, Jacqueline III. Série

23-3529   CDD 028.5

Dedicado aos meus agentes e defensores, David Server e Ray Miller, que batalham pelo melhor para mim. Sou eternamente grata por seu otimismo, sua franqueza, seu aconselhamento e seu senso de humor. Obrigada!

PRÓLOGO

DO LIVRO DOS CONTOS DE FADAS

Hades

Os delicados fios do destino estão intricadamente emaranhados no tecido do Livro dos Contos de Fadas, entrelaçados como uma teia de aranha. E em seu centro está Hades: em seu reino, o guardião dos mortos; aquele que tem o poder de comandar estrelas e direcionar destinos – assim como nós, as Irmãs Esquisitas, autoras deste Livro dos Contos de Fadas. E, embora estejamos todos conectados pela morte, nosso vínculo com Hades é forjado por algo muito mais poderoso: o *destino*.

Antes de Hades assumir seu trono no Submundo, ele estava feliz em suas funções. Era o Deus da Riqueza, Deus do Tesouro Oculto, do Ouro e de Tudo o que Existe Embaixo da Terra,[1] incluindo os mortos. Mas, ainda assim, ele não era sinistro ou o demônio que se tornou; não agia nem reagia, era indiferente e o guardião do equilíbrio. Nem sempre foi mau; este foi um atributo que adquiriu com o tempo, a solidão e o desespero depois de muitos anos em seu reino infeliz.

Hades não queria nada mais do que escapar da desgraça de sua nova vida, mas levava suas responsabilidades a sério. Relutava em deixar seu trono desamparado e, portanto, sentia-se preso em perpétua condenação e angústia. Até que, um dia, o destino interveio na forma de três bruxas: Lucinda, Ruby e Martha.

Se você ainda não percebeu que as histórias que leu são capítulos do Livro dos Contos de Fadas, então, não estava prestando atenção. E, embora saibamos bem que o tempo nada mais é que uma construção humana, que todas as linhas do tempo se movem simultaneamente e não separadamente, você está prestes a aprender o porquê: quando os antigos deuses foram derrotados, mais especificamente o titã Cronos, o tempo foi fraturado para sempre. Desde então, nós, bruxas, não vivenciamos o tempo em linha reta. Às vezes, perdemos o fio da meada e soltamos as histórias do nosso Livro dos Contos de Fadas fora de sequência. Mas nossa loucura tem método.

---

[1] Na mitologia grega antiga, Hades era a personificação de tudo de valioso que há no subsolo, como pedras e metais preciosos. Seu casamento com Perséfone, filha da deusa da colheita e da agricultura, Deméter, é uma alegoria para a semente, que precisa ir para debaixo da terra, no escuro, para poder germinar. Daí o casal ser representado às vezes com uma cornucópia, vaso em formato de chifre repleto de flores e frutos, simbolizando fortuna e abundância. Como Hades era senhor de tudo debaixo da terra e já que os mortos são enterrados, também era considerado seu senhor. (N.T.)

O que é o tempo para bruxas e deuses, seres que têm o poder de criar ou destruir mundos e de comandar o cosmos? A única coisa que não podemos controlar, ao que parece, é o nosso próprio destino.

CAPÍTULO I

DO LIVRO DOS CONTOS DE FADAS

Irmãos de guerra

Quando lemos sobre mitos e lendas, é fácil esquecer que não se trata apenas de histórias, mas experiências vividas e eventos que moldaram a vida dos envolvidos. Esquecemos que seres poderosos, até mesmo deuses, têm suas dificuldades e suas mágoas, e esquecemos que não são apenas histórias.

Os eventos neste conto ocorreram durante um tempo que é difícil para os mortais compreenderem, quando gigantescos Titãs governavam com fogo e caos, até que, um dia, foram derrubados por seus filhos e suas filhas, os imponentes e poderosos olimpianos.

O reinado dos Titãs se tornara tão tomado pela desordem e pela destruição que Zeus, Hades e Poseidon decidiram ser hora de derrubar seu pai, Cronos, e os outros Titãs, para se tornarem o novo panteão de deuses no comando. Essa batalha, mais tarde, seria chamada de Guerra dos Titãs, um confronto de dez anos colocando olimpianos contra Titãs, novos deuses contra antigos, filhos contra pais. Uma guerra marcada por tanto heroísmo que chegou às páginas do nosso Livro dos Contos de Fadas, tão épica que suas repercussões foram sentidas por todos os reinos, incluindo os Muitos Reinos. Uma guerra que ajudou a transformar Hades no deus que é hoje.

Hades foi uma figura importante nessa batalha, e ele e seus irmãos sabiam que, se fossem derrubar os Titãs, precisariam do maior dos exércitos para derrotá-los. Os Titãs não eram meros gigantes; eram devoradores de mundos e maiores que qualquer montanha. Os irmãos sabiam que teriam de recorrer a todos os poderes à sua disposição se quisessem governar no lugar dos Titãs. E foi isso que fizeram.

Poseidon convocou o mar, manifestando vagalhões que conduziram todo tipo de criaturas marinhas para a batalha. Lulas gigantes, polvos monstruosos e até os colossais leviatãs se juntaram ao conflito. As criaturas envolveram seus fortes tentáculos em torno dos Titãs, mantendo-os no lugar enquanto eram engolidos por ondas violentas. Nessas ondas navegavam embarcações apodrecidas e deterioradas tripuladas por exércitos de mortos reanimados pelo poder de Hades. Mares de esqueletos ocupavam esses navios, cada topo de montanha, cada campo, e montavam a frota de águias gigantes de Zeus. Este lançou seus raios de cima, comandando o céu para trazer chuvas torrenciais e ventos mais poderosos que o mais forte dos furacões. Se os Titãs jogassem montanhas no exército de Hades, ele simplesmente voltava a levantar seus soldados, enviando as pobres almas para a destruição repetidas vezes. Um enxame de morte envolveu os Titãs enquanto eles batalhavam contra inimigos de todas as direções. Por dez anos, os irmãos lutaram juntos como uma única força, lado a lado, até que finalmente os Titãs foram derrotados e aprisionados.

No último dia da batalha contra os Titãs, foi tomada uma decisão que moldaria todos os seus destinos e, de fato, o destino dos mundos. Hades podia ver o que já estava em andamento no momento que a guerra terminou. Ele espionou seus irmãos entre as ruínas da guerra; navios naufragados cobriam a paisagem, prédios desmoronavam, pilares estavam rachados, templos submergiam na água e ele se perguntava o que Zeus e Poseidon discutiam. Embora Hades fosse o filho mais velho do titã Cronos, Zeus sempre assumia a liderança, e Hades podia sentir que Zeus já estava decidindo como as coisas seriam dali em diante agora que seu pai, Cronos, estava aprisionado como os outros Titãs.

Hades desmontou de seu cachorro gigante de três cabeças, Cérbero, e encarou seus irmãos com um brilho malicioso nos olhos. Podia ver o que estava acontecendo. Estava escrito em seus rostos, assim como estava escrito pelo destino.

— Claro que você deve governar o mar, meu irmão — Zeus declarou, dando tapinhas nas costas de Poseidon. — E Hades aqui governará o Submundo. — O sorriso de Zeus era largo, exibindo seus grandes dentes brancos.

— E suponho que você vai governar o céu e tudo o que vem com ele, incluindo o Olimpo? — questionou Hades, sentindo-se arder de raiva. Cérbero estreitou os olhos e rosnou para Zeus.

— Por quê? Você tem outra coisa em mente, Hades? – perguntou Zeus, coçando uma das cabeças de Cérbero sob o queixo e dando a cada cabeça um saboroso tentáculo cortado.

— Eu sou o filho mais velho, Zeus. Deveria ser eu! E pare de tentar amaciar o meu cachorro!

— Não vamos esquecer: se não fosse por mim, você ainda estaria vivendo na barriga de nosso pai, Hades. Nossas irmãs e nosso irmão[2] não se esqueceram.

— Sim, sim, todos nós sabemos que você é o único que papai não comeu, e você o fez...

— Regurgitá-lo – completou Zeus, rindo. – E você foi o último, Hades. Então, de certa forma, você é o mais novo.

— Eu fui... expulso... por último porque era o primogênito, e eu era o favorito do papai! – Tudo isso era verdade, é claro, mas não importava para Zeus. Hades sabia que não deveria ter ficado surpreso com o que estava acontecendo. Desde o momento em que Zeus libertou seus irmãos das profundezas do estômago de seu pai, ele agia como se fosse o filho mais velho, com todos os privilégios que vêm com isso.

— Só porque comandei os mortos com maestria não significa que quero viver entre eles! Eu deveria poder opinar sobre onde vou residir por toda a eternidade – argumentou Hades, sentindo a raiva abrasadora crescendo dentro de si. Nunca se sentira assim antes, o calor sufocante, a ardência como se estivesse sendo consumido pelo fogo, até que finalmente seu corpo explodiu em chamas, incinerando tudo ao seu redor. Zeus simplesmente sorriu e balançou a cabeça.

---

2   Héstia (Vesta para os romanos), Deméter (Ceres) e Hera (Juno). (N.T.)

– Está resolvido, então. É evidente que todos nós somos adequados para nossas funções. Eu governarei o céu; Poseidon, o mar; e Hades, o Submundo. A menos que haja alguma objeção, *Hades*? Esteja à vontade, é claro, para libertar os Titãs e ver se ainda é o favorito do papai. Poderíamos ter outra guerra de dez anos. – O que são dez anos para um deus? Mas a verdade era que Hades não queria lutar contra seu irmão, pelo menos não naquele momento. Então, ele concordou em governar o Submundo em nome da paz e pelo bem da família. Não poderia ser tão ruim assim, poderia?

E foi assim que Hades se tornou o senhor do Submundo. Mas esse não foi o fim da história dele. Foi apenas o começo.

CAPÍTULO II

A RUPTURA DOS MUNDOS

Os mundos sofreram rupturas muitas vezes: pela ação de deuses, de bruxas e de seres humanos aventureiros se metendo a fazer magia que não compreendiam. Mas, então, chegou o dia em que os mundos se romperam tão violentamente que nem mesmo o deus Hades sabia se poderia repará-los. Entretanto, como você logo descobrirá, Hades era o único ser que poderia consertar as coisas, porque ele emaranhou nossos destinos, unindo-nos de maneiras que nunca pensamos ser possível. Se você leu as outras histórias do Livro dos Contos de Fadas, sabe que esta não foi a primeira visita de Hades aos Muitos Reinos, mas foi a primeira vez que Hazel e Primrose o encontraram, centenas de anos depois de sua primeira visita aos Muitos Reinos e mais tempo ainda após ele assumir o trono no Submundo.

Naquele dia, Hazel e Primrose estavam no pátio à sombra da antiga mansão de pedra que ficava na colina mais alta da

Floresta dos Mortos, contemplando a história de seu reino e os eventos que as tornaram rainhas daquela terra.

As Rainhas dos Mortos governaram aquele reino por mais tempo que o próprio tempo. Antes do reinado de Hazel e Primrose, as rainhas da Floresta dos Mortos eram conhecidas por sua crueldade e seus poderes necromânticos incomensuráveis. Elas ordenaram que todos os mortos das aldeias vizinhas fossem enterrados em seu reino para que pudessem controlá-los. Aqueles que não cumpriram suas exigências foram massacrados e incorporados às fileiras dos mortos-vivos da Floresta dos Mortos. Os poderes necromânticos das rainhas e os segredos de sua vida extraordinariamente longa eram passados de geração para geração, de mães para filhas. Era uma tradição impregnada de sangue e trauma, e o reino permaneceu um lugar sombrio e mortal até que Hazel e Primrose, filhas da rainha anterior, assumiram seu lugar como governantes no reino assombrado.

Centenas de anos antes, quando eram crianças, Hazel e Primrose viviam na Floresta dos Mortos com a irmã Gothel e a mãe, Manea, a Rainha dos Mortos. Quando todas atingissem a maioridade, esperava-se que aceitassem o sangue de sua mãe para que o poder dela lhes fosse transmitido. Quando Hazel e Primrose se recusaram, a mãe tentou impor-lhes à força, não deixando a Gothel outra escolha senão matar a própria mãe. Então, a Rainha Fantasma Manea se vingou de Primrose e Hazel, matando-as e deixando Gothel sozinha, desesperada para encontrar uma forma de trazer suas irmãs de volta dos mortos. Por muitos anos, mesmo após a morte de Gothel, Primrose e Hazel dormiram o sono dos mortos, até que um dia foram revividas e retornaram para o único lar que conheciam, a Floresta dos Mortos. Lá, tornaram-se amigas e aliadas de Circe, e se juntaram a ela na luta contra suas mães, Lucinda, Ruby e Martha, que queriam governar a Floresta dos Mortos e levar escuridão e terror a todos os reinos. As Irmãs Esquisitas estavam tão perturbadas a essa altura que perderam todo o senso da razão e tinham o coração repleto de ódio. Alcançar tal estado foi um processo lento, mas parecia que sua loucura estava predestinada desde o início.

Quando as Irmãs Esquisitas eram muito mais jovens, tinham uma irmãzinha chamada Circe, a quem amavam mais que tudo. A menina era tudo para elas, seu sol, seu grande amor, e amavam-na ainda mais que a própria vida. Um dia, ela foi tragicamente tirada delas em um acidente devastador, quando Malévola se transformou em um dragão e queimou as Terras das Fadas em um ataque de raiva e tristeza. As Irmãs Esquisitas não culparam Malévola, mas, em sua dor, assumiram a missão de criar outra irmã, empregando um feitiço que usava as melhores partes de si mesmas. Valeram-se de magia antiga e perigosa elaborada pelas Rainhas dos Mortos, magia para criar filhas. E foi isso que fizeram; elas criaram uma filha de sangue e magia, sem saber que isso, aos poucos, iria corroer tudo o que havia de bom dentro delas, acabando por enlouquecê-las. Mas elas tinham sua Circe de volta e a chamavam de irmã em vez de filha, e nunca lhe contaram a verdade sobre suas origens.

Então, um dia, muitos anos depois, Circe, com a ajuda de Branca de Neve, soube o que as Irmãs Esquisitas haviam feito. Circe descobriu que as Irmãs Esquisitas ofereceram muito de si mesmas em sua criação, e isso as transformou em bruxas diabólicas tão vis quanto as Rainhas dos Mortos. Circe sentiu que não tinha outra escolha a não ser se sacrificar, na esperança de devolver às Irmãs Esquisitas o que haviam perdido ao criá-la. E, com esse ato, as Irmãs Esquisitas e Circe foram para o Lugar Intermediário (entre os vivos e os mortos), onde Circe poderia vigiar suas mães até que decidisse o que fazer.

Várias semanas já haviam passado desde que Circe tirara a própria vida para salvar a delas, e Hazel e Primrose aguardaram na esperança de que Circe voltasse para elas, mas, com o passar do tempo, deixaram de acreditar que isso fosse possível e caíram ainda mais em desespero. A Hazel e Primrose agora não restava nada além da própria dor.

A Floresta dos Mortos parecia ainda mais solitária agora que Branca de Neve havia retornado para o próprio reino. Circe e Branca eram primas, grandes amigas e as maiores companheiras. Ela ficou ao lado de Circe, Primrose e Hazel durante a batalha com as Irmãs Esquisitas e lamentou profundamente a morte de Circe. Mas não havia nada que Branca pudesse fazer para trazer a amiga de volta, não importava quanto amor tivesse em seu coração ou quantas lágrimas derramasse. Ela era requisitada em seu lar por sua família, por isso, depois de uma dolorosa despedida, partiu em sua carruagem, prometendo escrever a Primrose e Hazel assim que chegasse ao seu reino. Enquanto Primrose e Hazel observavam a carruagem de Branca deixar o pátio entre os anjos chorosos e as criptas antigas, a tristeza as engolfou como uma torrente.

Elas haviam perdido Circe, e agora Branca de Neve estava voltando para casa. Sentindo profundamente essas perdas, Hazel e Primrose pensaram que a Floresta dos Mortos inteira compartilhava da tristeza delas. Mesmo a estátua da górgona perto da fonte sob o carvalho coberto de musgo e as criaturas de pedra empoleiradas na enorme mansão pareciam derramar lágrimas naquele dia, enquanto os grasnados dos corvos nos galhos das árvores recém-floridas entoavam um canto fúnebre.

– Hazel, olhe para isso – disse Primrose. – As árvores estão mostrando suas cores e o musgo está verde em vez de cinza. Como isso é possível? – Seus olhos brilharam de admiração e eram apenas um leve vestígio de felicidade naquele dia triste.

– Este pode ser um lugar para os mortos, mas não precisa ser um lugar morto. – As palavras de Hazel lembraram Primrose do sonho desperto que tivera sobre um misterioso homem chamado James, que as visitou na Floresta dos Mortos. Ele surgiu num lampejo em sua mente de forma tão vívida quanto havia aparecido originalmente, e ela se perguntou se o sonho não tinha sido uma visão de algo que aconteceria, mas estava distraída demais naquele momento, percebendo o significado das palavras de Hazel.

– Você fez isso? Com sua magia? Por que não pensei nisso? – Primrose olhou em volta para as folhas verdes e as pequenas flores coloridas nas árvores. Isso a recordou de quando eram crianças e ela amarrava fitas com corações coloridos nos galhos apodrecidos das árvores. Esse tinha sido seu modo de trazer cor e vida ao lugar morto. Seu coração ficou feliz ao perceber que elas tinham o poder de alterar a Floresta dos Mortos da maneira que desejassem. Eram as Rainhas dos Mortos agora, e sentiu, pela primeira vez, que seria feliz lá. Estava mais convencida do que nunca de que seu sonho desperto era um vislumbre do futuro. – Circe adoraria isso – observou Primrose fazendo um movimento com a mão, e as flores vermelhas ficaram maiores e mais vibrantes. Da cor do sangue. Então, de repente, a lembrança da horrível morte de Circe surgiu em sua mente com uma violência que irradiou dor por todo o seu corpo. – Não consigo tirar da cabeça a imagem da morte de Circe. Acho que isso vai me assombrar para sempre. Mas, Hazel, tenho a estranha sensação de que ela está voltando para casa. Você acha que isso é possível?

– Não sei bem ao certo. Tirar a própria vida impediu que as mães dela destruíssem esta terra e inúmeras outras. As Irmãs Esquisitas parecem felizes no Lugar Intermediário, voltaram a ser elas mesmas, mas não tenho certeza se Circe será capaz de persuadi-las a ir além do véu. Não sei o que vai acontecer.

Primrose não parecia convencida.

– Eu não sei, Hazel. Acho que tive uma visão do futuro. Estávamos todas rindo juntas, você, eu e Circe; conversávamos com um homem estranho e charmoso que veio do outro lado do mar para nos trazer um bolo enorme, e não conseguíamos parar de rir. – Primrose estava rindo agora, só de pensar nisso. Esse homem com suas roupas incomuns, mas elegantes, um bigode chamativo e um coração indubitavelmente bom.

– Tenho certeza de que era você que não conseguia parar de rir. Mas por que ele faria essa viagem toda só para nos trazer um bolo? – questionou Hazel.

– Era um bolo muito grande! Mas havia mais que isso. Circe pediu a ele que ficasse na Floresta dos Mortos; todas nós pedimos, mas não conseguimos convencê-lo a ficar. Tudo era tão diferente na minha visão, as flores de rapunzel estavam por toda parte, espalhadas pelos Muitos Reinos, e a Floresta dos Mortos fervilhava de tanta vida. Até a Sra. Tiddlebottom era jovem de novo. Talvez devêssemos olhar o Livro dos Contos de Fadas e verificar se é verdade. Acho que o nome do homem era James. Talvez a história dele esteja em nossa estante.

Hazel suspirou.

— Eu pensei que você tivesse medo de olhar no livro. Via de regra, não lemos histórias que ainda não aconteceram.

— Circe diz que um dia veremos o tempo do jeito que ela vê, de uma só vez, e acho que isso está começando a acontecer comigo agora com essas visões. Por que não dar uma olhada? Além disso, achamos James encantador, e ler sua história pode ser uma ótima distração. — Primrose sempre esperava que seu otimismo fosse contagiante, e muitas vezes era mesmo, mas Hazel não cedeu.

— Ela também diz que se mantém presa a uma linha do tempo, para não perder a cabeça. Talvez devêssemos apenas aguardar e ver o que acontece. Encaremos isso como algo bom que podemos esperar ansiosamente acontecer.

Primrose perguntou-se se a irmã estava certa.

— Vamos lá, Hazel. Somos bruxas. Deveríamos saber o futuro. Que mal há nisso? Se tivéssemos lido todas as histórias sobre Circe no Livro dos Contos de Fadas, ela ainda poderia estar viva. Poderia estar conosco agora mesmo!

— Ou as coisas poderiam ser muito piores. Venha, vamos voltar para dentro e tomar uma xícara de chá acompanhada por uma fatia da torta de groselha de Branca. Ela fez mais tortas do que conseguiríamos comer, porque você comentou o quanto as apreciava. — Isso fez Primrose sorrir. Ela passara a amar Branca e já sentia falta dela, embora houvesse acabado de partir. Pelo menos, ainda tinha suas tortas.

Quando Primrose e Hazel estavam prestes a voltar para dentro, foram distraídas por uma ofuscante luz azul-clara, tão brilhante que tinham certeza de que poderia ser vista por todos os Muitos Reinos. A luz tomou a forma de um vórtice azul rodopiante, ardendo como chamas flamejantes, fazendo que tudo na Floresta dos Mortos se agitasse e os mortos dentro de seus túmulos despertassem de seu sono.

Um a um, os mortos emergiram de suas criptas e das tumbas onde repousavam sob o solo, limpando a terra e a poeira de suas roupas e semicerrando os olhos contra a luz do sol. Fazia anos que Primrose e Hazel não colocavam os olhos no exército de mortos à sua disposição. Desde a época da mãe delas, eles não eram convocados dessa maneira, e as duas mulheres não entendiam que poder os trazia à vida mais uma vez. Por séculos, as rainhas que as precederam acumularam uma legião de mortos abaixo delas, e agora aquelas pobres almas estavam diante de Primrose e Hazel, suas rainhas, aguardando silenciosamente seu comando. Mas Hazel e Primrose não entendiam o porquê.

Seu servo, protetor e defensor, seu amigo mais querido, Jacob – que, certa vez, ressuscitara dos mortos ele próprio –, entrou no jardim e observou os mortos retornando à vida diante deles.

– Jacob, o que está havendo? Por que isso está acontecendo? – Mas Primrose podia ver pela expressão no rosto de Jacob que ele também não sabia.

Como a maioria das bruxas, Primrose podia ler mentes e ouvia os pensamentos de Jacob. Ele estava em pânico. Temia que as Irmãs Esquisitas tivessem dado um jeito de escapar do Lugar Intermediário e voltado para destruí-los.

Primrose sentia-se péssima por Jacob, por tudo que ele vivenciara ao longo dos anos em nome da lealdade às Rainhas dos Mortos, e podia ver que isso estava cobrando seu preço. Um dia, ela leria a história dele no Livro dos Contos de Fadas. Tinha certeza de que havia mais nessa história além do que estava documentado no capítulo dedicado às Irmãs Esquisitas, mas seria um bom ponto de partida.

— Não se preocupe, Jacob. Esta magia não é das Irmãs Esquisitas. Não as sinto entre nós. — Primrose apertou os olhos contra a luz brilhante do vórtice quando uma figura começou a emergir de seu interior. Não, era alguém totalmente inesperado. Alguém muito mais poderoso. À medida que a figura tomava forma e começava a adquirir foco, subitamente souberam quem era aquele deus lendário. Parecia estranhamente silencioso e solene, os olhos brilhando em amarelo contra a pele azul-clara. Seu manto rodopiava em nuvens de fumaça que se moviam como tentáculos, estendendo-se como um grande leviatã fumegante. Os cabelos ardiam em fogo azul, e em seus braços estava Circe, a pele reluzindo em azul com a luz do vórtice atrás deles.

— Circe! — Os olhos cinzentos de Hazel se iluminaram enquanto ela corria em direção a Circe, Primrose seguindo logo atrás dela. Hades sorriu para as bruxas enquanto depositava cuidadosamente o corpo de Circe nos degraus de mármore de uma cripta próxima. Seu longo vestido vermelho balançava na corrente do vórtice como ondas de sangue.

— Eu não esperava uma recepção tão deliciosamente abominável — disse Hades, indicando as fileiras intermináveis de mortos reunidos no pátio, que se estendiam pela floresta e chegavam até o alto roseiral que cercava o reino. Os mortos encaravam Hades com olhos vazios; eles não cintilavam de vida como os olhos de Sir Jacob, que ocupava seu lugar entre Primrose e Hazel e segurava cada uma pela mão como um pai protetor. Nunca antes haviam se encontrado com Hades, mas a reputação do senhor do Submundo era bem conhecida por elas.

— Sei que é costume trazer bolo para a Floresta dos Mortos, mas pensei que vocês perdoariam o lapso, dadas as circunstâncias — disse Hades, apontando para Circe. — O que estou trazendo é muito melhor.

— O que houve com Circe? E por que você ressuscitou nossos mortos? — Hazel segurava a mão de Jacob com firmeza, e Primrose podia ver que ela estava com medo de correr em direção a Circe, mas, evidentemente, não com medo demais para questionar aquele deus que surgira tão repentinamente no pátio delas.

Hades achou graça, revelando um sorriso fixo e os dentes de adaga afiados.

— Não preciso fazer uma exibição de meu poder dentro de seu reino, queridas senhoras. É o retorno de sua rainha aqui que traz os mortos à vida. Mas eu ficaria feliz em aumentar o esplendor desta ocasião auspiciosa. — Ele levantou as mãos e as estendeu para o céu, como um ator dramático prestes a recitar o maior dos monólogos.

— Todos saúdem a Rainha Circe, nossa divina governante da Floresta dos Mortos... — Sua voz estrondosa retumbou, mas, antes que ele pudesse prosseguir, algo lhe tirou o foco.

Irritado com a interrupção, direcionou sua atenção para a fonte de distração. Espíritos brilhantes das rainhas anteriores da Floresta dos Mortos estavam subindo da terra, flutuando por entre as árvores e entrando e saindo de seus galhos. Circundaram as intermináveis sepulturas e as estátuas que as adornavam, depois se elevaram às alturas da mansão, rodopiando até o solário de vidro. Os espíritos dançaram na fonte da górgona, ondularam entre a legião dos mortos e pararam em cada estátua de gárgula, corvo e harpia como se dessem um alô, tal qual crianças felizes por verem novamente seu lar. Eles dançaram na brisa, regozijando-se, até que finalmente pousaram no pátio. As rainhas das trevas que uma vez governaram aquelas terras — agora fantasmas feitos de sombras — postaram-se diante de Hades, os olhos brilhando em branco e as bocas negras como poços sem fundo. Aquelas rainhas das trevas falavam com Hades como se fossem uma só, suas vozes preenchendo o pátio e fazendo as árvores murcharem e perderem as flores e folhagem verde a cada palavra que proferiam.

— *Senhor dos Mortos, nós agradecemos por nos devolver Circe, mas você não é bem-vindo aqui.* — O som das Rainhas Fantasmas despertou Circe de seu sono. Ela se sentou e abriu os olhos, absorvendo tudo. Assim que pareceu perceber onde estava, a raiva a inundou.

— Onde estão minhas mães? Como você ousa me arrancar do Lugar Intermediário? — Ela tentou se levantar, mas estava muito instável e desorientada.

— Sério mesmo, nem um obrigadinho? — disse Hades, colocando a mão no quadril, os tentáculos balançando como o rabo de um gato irritado. — Eu salvei sua vida, pequena rainha, e, se bem me lembro, suas mães não são mais suas mães. Elas são uma mãe. No singular. Uma. Só Lucinda! Lembra-se? Você as fundiu, e ela está mais furiosa que... bem, do que eu em um dia ruim! — Hades estendeu a mão para ajudar Circe a se levantar, mas ela não a aceitou. Sem dúvida, ainda estava com raiva de Hades por tudo o que acontecera no Lugar Intermediário. Primrose não conseguiu captar os eventos de nenhuma das mentes, então, teria que esperar até poder falar com Circe.

— Obrigada — disse Circe com escárnio, apoiando-se contra a estátua de anjo e olhando feio para Hades enquanto se levantava. — Posso me levantar sozinha. Diga-me, por que um deus está interferindo na vida das bruxas? Por que me trazer aqui contra a minha vontade? Por que arriscar a ruptura dos mundos no processo?

— Porque há muito tempo fiz um acordo com suas mães. Anos atrás, eu lhes disse que elas poderiam ter qualquer desejo em troca de algo que fizessem por mim, e parece que, depois de todos esses anos, decidiram cobrar o favor. Elas queriam tirá-la do Lugar Intermediário, então, eu trouxe você para cá. Simples assim. Afinal, sou um diabinho de palavra. — Seu sorriso era amigável, acrescido de uma pitada de atrevimento só por garantia. Ele estava dando tudo de si para ser encantador. E nem era preciso se esforçar tanto (ele *era* encantador), mas Primrose podia ver que ele estava, como dizem, apresentando a melhor versão de si. — Acredite em mim, bruxinha, você está melhor aqui, onde pode ficar longe da ira de sua mãe até que possa decidir o que quer fazer – observou Hades, olhando ao redor da Floresta dos Mortos com um suspiro profundo, como se estivesse contente por estar lá.

Não era isso o que Primrose esperava do senhor do Submundo. Ela, Circe e Hazel apenas ficaram paradas ali piscando de perplexidade para ele, tentando assimilar tudo, mas, antes que mais alguma coisa pudesse ser dita, captaram em sua visão periférica algo se movendo.

Era a silhueta de Lucinda no centro do vórtice. Seus cachos estavam emaranhados, e seus olhos encovados os encaravam de seu rosto manchado de sangue. Seu corpo estava estranhamente disforme e contorcido quando ela emergiu do turbilhão de luz azul apoiada nas mãos e nos joelhos, gritando de dor enquanto os ossos trincavam e estalavam de forma audível. As Rainhas Fantasmas voaram para ajudá-la, arrastando-a pelo vórtice até que, finalmente, ela se deitou aos pés de um enorme anjo choroso do outro lado. O anjo parecia estar protegendo Lucinda sob suas asas, enquanto a bruxa emitia um horripilante lamento em coro com as vozes de Ruby e Martha se juntando à dela, produzindo uma ária de agonia. Lucinda se contraiu atormentada, enquanto seu corpo convulsionava violentamente. Quando, de repente, parou de se mover, as Rainhas Fantasmas se reuniram ao seu redor, sussurrando em seus ouvidos. O medo tomou conta de Primrose e Hazel quando Lucinda finalmente se levantou; as Rainhas Fantasmas seguravam em pé seu corpo bambo. Ela parecia uma boneca velha, quebrada e sem vida.

— O que está acontecendo? O que há de errado com ela? — Circe gritou.

Mas Hades rapidamente se colocou na frente dela quando o corpo frouxo de Lucinda foi mais uma vez inundado pela ira e se lançou contra a filha. Lucinda se arrastava, tentando alcançar Circe, mas ela não conseguia passar por Hades. Ele era uma força inabalável, forte demais até para a torrente colérica de Lucinda.

— Você acha que eu a deixaria machucar sua filha depois de tudo o que sacrificou para criá-la?

Mas Lucinda não respondeu a Hades. Estava unicamente focada em Circe.

— Olhe para mim! — sibilou Lucinda, ainda tentando agarrar Circe, fixando os olhos em sua filha enquanto gritava com ela. — Você fez isso comigo! Vivo neste tormento por sua causa. Minhas irmãs estão abrindo caminho para fora de mim, rasgando minhas entranhas, arranhando minha alma, desejando mais que tudo escapar do meu corpo! Da prisão em que você as colocou! Tudo para que possam *matá-la*!

— Eu não queria que isso acontecesse, eu juro.

— *Não finja que não pediu por isso.* — Os rostos das Rainhas Fantasmas estavam tomados de raiva enquanto o vento zunia ao redor delas. — *Você não é a primeira filha da Floresta dos Mortos a trair a mãe* — disseram elas, enquanto giravam em torno de todos no pátio, vociferando em seus rostos ou sussurrando encantamentos ao vento.

— E não sou a primeira mãe a destruir a filha! — A voz de Lucinda estava cheia de determinação quando ela levantou as mãos, provocando uma forte onda de choque e fazendo os espíritos das

Rainhas Fantasmas se desfazerem em pó preto, que se espalhou pela Floresta dos Mortos. – Suas bruxas vis! Eu não pedi a ajuda de vocês. Retirem-se deste lugar imediatamente e deixem minha filha comigo! – bradou Lucinda, erguendo os braços enquanto declarava solenemente. – Ouçam minhas palavras! Romperei os mundos e assistirei à minha desprezível filha definhar em agonia enquanto testemunha a destruição de todos e de tudo que ela ama! Antes ver a aniquilação deste reino a entregá-lo a essas usurpadoras, essas bruxas impostoras, essas que se autodenominam Rainhas dos Mortos! Todos sofrerão no meu rastro de destruição e conhecerão o verdadeiro significado do desespero.

Hades revirou os olhos teatralmente e bateu palmas.

– Uau, esse foi um discurso e tanto. Você acha que podemos resolver isso logo com um pouco menos de monólogo? Estou farto de tragédias gregas, se é que você me entende.

– Como ousa?! Você está ao lado de Circe, depois de tudo que minhas irmãs e eu fizemos por você? Você se intrometeu em nossa vida pela última vez, demônio! Nem mesmo você pode mantê-la a salvo de mim!

– Já chega! – bradou Hades, agarrando Lucinda pelos cachos desgrenhados e atirando-a sem esforço através do vórtice; fechou-o com um estalar de dedos. – E eu achando que minha família era ruim! – comentou ele. – Eu não tinha ideia de que suas mães haviam se tornado tão shakespearianas. – Todos olharam para ele, confusos. – Ah, qual é, a *Peça Escocesa*?[3] Todo mundo conhece

---

[3] Hades está se referindo a *Macbeth*, de William Shakespeare, que se passa na Escócia, no século XI. Na trama, os generais Macbeth e Banquo retornam para casa após uma batalha da qual saíram vitoriosos. No meio do caminho, eles se deparam com três bruxas, as quais profetizam que Macbeth se tornará barão de Cawdor e, depois, rei. Assim que a

as bruxas na *Peça Escocesa*. Ou está muito adiante da época de vocês? Achei que as bruxas viam todo o tempo simultaneamente. Ainda não chegaram lá? Deixa para lá. É revigorante, podem acreditar, eu realmente odeio gente sabichona, de qualquer forma – disse Hades, limpando o sangue das vestes. – Eu diria que é hora das apresentações. Vocês sabem, é claro, quem sou eu! Sou o fabuloso senhor dos mortos. E tive o prazer de conhecer Circe no Lugar Intermediário antes de Lucinda exigir que eu a levasse embora. Acredito que vocês sejam as famosas Primrose e Hazel. E aí, ninguém vai me oferecer um chá? A hospitalidade nestas terras é proverbial, e acho que tomar uma xícara ou duas me faria bem, depois de todo esse drama.

As rainhas da Floresta dos Mortos não sabiam o que pensar de Hades; ele não era nem um pouco o que esperavam. Mas de uma coisa tinha certeza: estavam curiosas para descobrir o que ele estava fazendo ali.

---

primeira parte da profecia se realiza, Macbeth começa a ambicionar o trono. Entretanto, é Lady Macbeth que fica obcecada com a possibilidade de se tornar rainha e convence o marido a assassinar o rei para acelerar o cumprimento do restante da profecia. Daí em diante, os dois cometem uma série de crimes para assegurar o poder. As bruxas são governadas pela deusa Hécate, que, no Ato 3, Cena 5, diz que Macbeth voltará a procurá-las desejando saber qual será seu destino e que verá aparições que, "pela força de sua ilusão", o levarão a concluir que está seguro. No fim da cena, Hécate proclama: "A segurança é o maior inimigo dos mortais", revelando que a crença de Macbeth de que é intocável resultará em seu fim. Cada vez mais perturbado, Macbeth realmente procura as bruxas, que lhe dão mais três avisos, sendo este o último: "Ninguém que tenha nascido de mulher fará mal a Macbeth". Enquanto isso, oprimida pela culpa, Lady Macbeth se suicida. Em sua derradeira batalha, Macbeth é eliminado por Macduff, barão de Fife. Tarde demais, no momento de sua morte, Macbeth fica sabendo que fora enganado pelas bruxas, quando descobre que Macduff pode matá-lo, pois não nascera de mulher e, sim, de um cadáver, já que fora retirado do ventre da mãe já morta. (N.T.)

CAPÍTULO III

O RETORNO DA RAINHA

Hades, Primrose e Hazel sentaram-se no solário enquanto aguardavam Circe juntar-se a eles. Jacob conduzira Circe até seus aposentos para que ela pudesse se recompor, enquanto Primrose e Hazel serviam ao senhor do Submundo um pouco de chá, conforme ele havia solicitado.

No topo da antiga mansão de pedra, o solário resplandecia como uma joia cintilante contra o crepúsculo púrpura, desaparecendo lentamente na escuridão. Jacob estava agora lá embaixo, preparando-se para iluminar a Floresta dos Mortos e homenagear seu convidado real, enquanto Hades e as bruxas bebericavam o chá. A vista que tinham era impressionante, e Hades não pôde deixar de sentir a magia que emanava daquele lugar sombrio e agourento. Tratava-se de um dos poucos reinos que ele não havia visitado devidamente durante seu tempo nos Muitos Reinos, e ficou satisfeito por ter violado a formidável fortaleza para, finalmente, tomar chá com as Rainhas dos Mortos. Rainhas que, pelo que constava, eram muito mais receptivas que suas predecessoras.

 Ele observou alguns dos lacaios mortos-vivos lá embaixo se encaminharem de volta para os túmulos, conduzidos por Jacob, um homem interessante – ou o que restou do homem que um dia ele já fora. Para um ser constituído principalmente de ossos e uma pele grossa e coriácea, seu antigo uniforme de soldado caía-lhe muito bem. Hades achava que o mordomo não aparentava ser totalmente humano, isto é, em sua opinião, Jacob não devia ser totalmente humano mesmo antes de se tornar um morto-vivo. Seus ossos eram excepcionalmente grandes, e ele era muito mais alto que os homens comuns de estatura média. Hades podia perceber que ele havia sido belo quando era vivo e conseguia sentir sua força e sua compaixão. Era o lendário Sir Jacob que ainda servia às rainhas da Floresta dos Mortos depois de todos esses anos, sempre lá para auxiliar, orientar e aconselhar as novas e inexperientes rainhas, como fora seu destino por mais tempo do que ele conseguia se recordar. Hades tinha a sensação de que era Jacob o verdadeiro responsável por aquele reino e fez questão de manter esses pensamentos velados para as bruxas, embora tivesse a impressão de que deveria ter um cuidado especial para escondê-los de Circe; ela era, de longe, a bruxa mais poderosa que ele já havia encontrado, pelo menos desde suas mães.

 – Não há nada como uma boa xícara de chá nos Muitos Reinos. Não sei dizer quantas vezes, ao longo dos anos, fiquei tentado em dar uma passadinha por aqui para tomar uma xícara e, sabe, acho que talvez eu faça exatamente isso agora que

Malévola não está mais usurpando meu antigo castelo. E, graças aos deuses, aquela horrível Fada Madrinha não está mais gritando ordens de forma atrapalhada para todo mundo. Eu sabia que seria só questão de tempo até que sua irmã, a Babá, colocasse-a em seu devido lugar! – Hades riu entre bocados de bolo e goles de chá. Gostou de estar novamente na companhia de bruxas e beber o chá de uma xícara que tinha certeza de que as Irmãs Esquisitas haviam surrupiado de sua sala de jantar muitos anos antes. Qualquer um que conhecesse as Irmãs Esquisitas com alguma intimidade sabia que elas tinham um estoque de xícaras de chá que haviam afanado de seus vários amigos, familiares, inimigos e conhecidos.

– Você conhece as fadas? – perguntou Primrose.

Ela sorriu, fazendo seu nariz salpicado de sardas enrugar de uma forma que Hades achou adorável. Hades tinha uma queda por bruxas, especialmente bruxas como estas. Bruxas poderosas que não falavam por meio de enigmas e que não eram desequilibradas ou sabichonas como as Moiras;[4] praticamente não havia algo que detestasse tanto quanto um sabe-tudo. Gostava destas bruxas porque, como ele, elas compreendiam o que significava ser guardiãs dos mortos. E as achava encantadoras: Hazel, com seus olhos cinzentos e pensativos que registravam tudo e guardavam as informações caso precisasse posteriormente delas; e Primrose, com sua luz interior e seu desejo de transformar o reino em algo belo; as duas mais poderosas do que elas próprias sabiam. Eram bruxas raras, e Hades sentia-se feliz por estar em companhia delas. Já estava apaixonado por elas, assim como estivera pelas

---

4   Parcas, para os romanos. (N.T.)

Irmãs Esquisitas tantos anos antes. Mas estas bruxas eram mais fáceis de amar. Era mais simples conversar e passar um tempo com elas. Se já não tivesse aprendido a lição da última vez que visitara os Muitos Reinos, ficaria feliz em passar o resto de seus dias com elas na Floresta dos Mortos. Mas o destino tinha outros planos para Hades.

— Ah, a Fada Madrinha e eu nos conhecemos há muito tempo, embora eu não ache que ela admitiria isso — ele disse com um floreio da mão e um brilho nos olhos. Fez sinal para um lacaio-esqueleto próximo para que lhe servisse outra xícara de chá; então, continuou falando: — Ainda sinto os espíritos das Rainhas dos Mortos na sala conosco agora, pairando e se lamuriando, mas, garanto a vocês, não tenho intenção de voltar a residir nos Muitos Reinos, nem de dar uma demonstração do meu poder em suas terras. Eu devia um favor às Irmãs Esquisitas e o paguei; foi só o que vim fazer aqui. Mas não podia ficar parado vendo Lucinda matar a filha depois de tudo o que ela e suas irmãs passaram para criá-la — ele disse, enquanto mastigava tortas de maçã com caramelo, limpando rapidamente as migalhas de suas vestes quando ouviu alguém entrar no solário.

— E o que você sabe sobre isso, Senhor dos Mortos? — Circe estava parada na entrada em arco. Ela havia colocado um longo vestido prateado que brilhava como o luar. Hades podia notar a alegria nos corações de Hazel e Primrose ao ver Circe novamente.

— Sei mais do que gostaria de admitir — respondeu Hades.

— E as Rainhas Fantasmas? Você sabe por que elas apareceram? Eu nunca as vi tomar partido da minha mãe — disse Circe, dirigindo-se ao divã de veludo vermelho e sentando-se com

Primrose e Hazel em frente ao assento embaixo da janela onde Hades estava acomodado.

— Receio que isso seja minha culpa também. Prometi a elas que nunca colocaria os pés nesta terra e quebrei essa promessa para manter outra — explicou Hades.

— Eu pensei que elas estivessem seguramente detidas além do véu. Você está me dizendo que elas podem entrar na terra dos vivos quando bem entendem? — perguntou Hazel, que parecia esgotada, e Hades sabia que sua resposta não iria consolá-la.

— Muito facilmente, se perturbadas. Mas essas são coisas que vocês já deveriam saber. Coisas que, ao que parece, vocês terão que descobrir por conta própria, se quiserem governar estas terras. — Hades percebeu que já estava assumindo um papel paternal com estas bruxas, pensando em motivos para ficar, mas ele já havia cometido esse erro uma vez com outras bruxas, e foi algo desastroso; não faria isso de novo. Então, mudou de assunto. — Mas vocês estão seguras por enquanto, e estou feliz em vê-las tão bem. Que lástima a pequena rainha Branca de Neve ainda não estar aqui para recebê-la em casa, Circe. Sinto sua tristeza pairando pesadamente no ar, flutuando ao nosso redor, misturando-se com os muitos espectros que assombram este lugar, embora, é claro, Branca de Neve ainda esteja vivinha da silva. Ela ficará muito contente em saber que você está de volta ao lar. Você deve mandar um corvo para ela assim que puder — disse ele, pegando a fatia de torta que o lacaio-esqueleto lhe serviu. Hades sentia-se bastante à vontade na Floresta dos Mortos. Ele sempre apreciara os Muitos Reinos, mas estar na

Floresta dos Mortos era como estar em casa, só que com uma companhia muito mais agradável.

Hades achava que não havia nada como estar com boas bruxas. Circe era tudo o que ele imaginara que ela seria. O que mais ela poderia ser senão brilhante, já que possuía as melhores partes de três das bruxas mais poderosas de todos os tempos? Ela superava até mesmo a Circe original, aos olhos de Hades, mas isso era outra história. Para outro tempo e lugar.

— Você percebe que suas habilidades são ainda mais poderosas que as de suas mães? Então, esperemos que, da próxima vez que Lucinda tentar brincar de Macbeth para cima de você, você não hesite em pôr um fim à loucura dela. E sempre pode me chamar se precisar de ajuda. Já fui convocado por bruxas, esta não seria a primeira vez — disse ele, pedindo outra fatia de torta ao lacaio-esqueleto, que estava próximo a uma longa mesa repleta de biscoitos, tortas e bules de diferentes tipos de chá sobre chamas mágicas que os mantinham aquecidos.

— E como entraríamos em contato com você? — questionou Circe, estreitando os olhos para Hades, enquanto ele ficava de pé e levantava todas as tampas dos vários bules, cheirando-os para ver qual chá gostaria de provar a seguir.

— Por um dos espelhos mágicos de suas mães, é claro. Eu tinha dois deles, na verdade, mas acho que deixei um para trás na Montanha Proibida. Espero que Malévola tenha feito bom uso dele — observou, pegando a fatia de torta que a criatura esquelética estava segurando para ele até que escolhesse qual chá gostaria de tomar. — Pelos deuses, esta é a torta mais deliciosa que já comi. Não temos torta no Submundo, ou mesmo sorvete. Sabiam disso? É uma palhaçada, um crime! Apenas uma das muitas injustiças que devo suportar. Esqueci quantas coisas deliciosas há para comer nesta terra. Fico grato por estarem me paparicando. Na verdade, eu só queria me certificar de que as novas Rainhas dos Mortos estavam cumprindo seus deveres, algo que eu teria sido obrigado a fazer mesmo se já não estivéssemos emaranhados nos mesmos fios do destino. E, é claro, há a questão de oferecer minhas sinceras desculpas e minha ajuda, se vocês aceitarem. E isso, senhoras, é algo que raramente faço, então, por favor, não vamos espalhar por aí.

— O que você raramente faz, Hades? Oferecer desculpas ou ajudar?

E Hades riu, percebendo que Circe tinha, afinal, um pouco do humor das mães dela.

— Bem, ambas as coisas, para ser franco, mas eu quis dizer me desculpar. Pois, vejam, eu sou a razão pela qual as Irmãs Esquisitas são assim, *vocês sabem... tão... Irmãs Esquisitas*.

O grupo deslocou sua reunião para a biblioteca. As senhoras raramente passavam algum tempo lá, embora fosse um dos aposentos mais belos da mansão. Hades estava sentado na enorme poltrona de pedra adornada com corvos esculpidos, a mão descansando em uma das cabeças das aves enquanto o longo manto espectral se contorcia alegremente no chão de pedra cinzenta.

Circe estava sentada em uma poltrona à esquerda da lareira de pedra; acima, havia um retrato de suas mães quando ainda eram jovens. Sentara-se ali propositalmente, para que a pintura ficasse atrás de si, porque, quando se viu diante dela, sentiu que seus olhos a encaravam do alto, censurando-a pelo que havia feito a elas. A lareira era flanqueada por dois grandes corvos esculpidos em mármore negro – ou talvez fosse ônix, Circe agora não conseguia se lembrar, mas ela os adorava e se sentia aquecida pelo ardente fogo púrpura que fazia a sala parecer como se estivesse em perpétuo crepúsculo. Primrose e Hazel estavam aconchegadas em seu assento favorito junto à janela, um recanto de leitura que tinha vista para o pátio. Primrose agitava a mão em direção a ele, fazendo o jardim novamente explodir de flores coloridas, maiores e mais vicejantes do que eram antes de as Rainhas Fantasmas terem-nas feito murchar. Hazel estava com os olhos fixos em Hades enquanto dava uma cotovelada em Primrose, um lembrete de que tinham um convidado de honra para entreter, embora Hades não parecesse se importar.

Circe achou que Hades se sentia bastante em casa nesta parte mais antiga da mansão, com suas esculturas de dragões, harpias e gárgulas em pedra. Os lacaios-esqueleto espalharam velas por quase todas as superfícies do ambiente e acenderam os lustres do teto, enquanto outros zanzavam no pátio sendo comandados por Sir Jacob. A sala cheirava a flores cujo perfume penetrava pelas grandes portas duplas que se abriam para o pátio, e Circe sentia-se feliz por estar em casa. Havia se esquecido de como aquele aposento era adorável, com seus corvos de pedra empoleirados nas estantes e a luz das velas dançando ao redor da sala como melancólicos fantasmas. Ela admirava o antigo trabalho de cantaria, os entalhes intrincados e as luxuosas tapeçarias penduradas nas paredes de cada lado da lareira. Perguntou-se qual das rainhas os havia escolhido e, então, lembrou-se de que era Nestis quem gostava de dragões e da cor vermelha, e imaginou que devia ter sido ela.

A pedido de Hades, Circe solicitou a um de seus lacaios-esqueleto que providenciasse mais chá e guloseimas, levando-os para a biblioteca e servindo-os em pequenas mesas redondas. Havia vários de seus lacaios-esqueleto de prontidão pela casa, para o caso de o grupo precisar de alguma coisa. Circe perguntou-se como Primrose e Hazel sentiram-se ao ver a mansão e os terrenos cheios de lacaios-esqueleto, como nos dias em que a mãe delas governava como rainha na Floresta dos Mortos. Aqueles foram dias terríveis e sombrios que ainda assombravam as bruxas, e Circe tinha medo de causar mais dor. Queria lhes perguntar se estavam bem e o que acontecera depois que ela e suas mães foram para o Lugar Intermediário. Queria perguntar por Branca de Neve e saber como estavam a Babá e Tulipa. E Pflanze e a Sra. Tiddlebottom estavam no Lugar Intermediário com Circe e Lucinda quando Hades estendeu a mão e a puxou para fora. O que aconteceu com elas? Queria saber de tudo. E, então, ela percebeu que poderia, se quisesse, saber de tudo em um único instante, mas preferia ouvir isso de Hazel e Primrose, e ela ouviria, assim que Hades não estivesse mais presente.

Hades estava estudando as estantes como se procurasse por algo em particular. Parecia completamente à vontade na companhia delas. Ele não era o que Circe esperava quando leu sobre o rei do Submundo. Ela havia imaginado alguém como as antigas Rainhas dos Mortos: tirânico, sanguinário e desequilibrado. Hades parecia charmoso e gentil, mas não tinha medo de usar seus poderes quando necessário. Ela sentiu que havia muito que poderia aprender com ele. Viu o sorriso de Hades e sabia que ele estava lendo seus pensamentos, mas não se importou.

— Não se preocupe, minha rainha, tanto Pflanze quanto a Sra. Tiddlebottom estão bem seguras, e garanto a você, não vou prolongar minha visita mais que o aceitável. Pelo menos, vou me esforçar para não o fazer.

— Espero que você possa pelo menos ficar tempo suficiente para a iluminação da Floresta dos Mortos, senhor Hades. Sir Jacob está fazendo os preparativos neste momento. — Primrose parecia completamente inebriada de prazer com a ideia. Circe podia ver que Hades estava encantado com Primrose, e quem não ficaria? Ela era sua preferida, sua luz, sempre repleta de amor e esperança.

— Eu não perderia isso por nada. Gosto muito de Jacob, embora ele não tenha me dito uma palavra desde que cheguei. Conheço a história dele, é claro, e quem ele é para vocês. Sua bravura e sua lealdade são lendárias.

Circe sorriu, ouvindo Hades proferir tais palavras. Ele devia saber que as estava cativando, enfeitiçando-as com suas palavras gentis sobre Jacob. Ela teve que se perguntar se ele estava realmente sendo sincero ou se aquilo tudo era encenação.

— Como sabe tanto sobre nós? — Circe questionou, sem a intenção de dizer isso em voz alta.

— Suas mães. E o Livro dos Contos de Fadas, é claro. Acho que você deveria lê-lo... todo ele, quero dizer, e os numerosos livros de feitiços e tomos neste lugar. Existem medidas, por exemplo, que você pode tomar para manter essas Rainhas Fantasmas aprisionadas. Ainda há muito para você aprender. Falando nisso, o que suas mães lhe contaram sobre o período que passei nos Muitos Reinos? — ele perguntou, sorvendo outro gole de chá e examinando novamente as estantes.

— Quase nada — respondeu Circe, imaginando o que Hades procurava.

— Bem, então, está na hora de vocês ouvirem a minha história. É boa, eu garanto. Afinal de contas, ela é sobre *mim*. E eu mesmo poderia contá-la a vocês; geralmente, eu não deixaria passar essa oportunidade, mas acho que prefiro ficar aqui sentado saboreando esses deliciosos biscoitos e bebendo seu esplêndido chá enquanto deixamos as Irmãs Esquisitas contarem elas próprias. E, talvez, enquanto a contam, eu seja representado mais como vocês esperavam. Mas todos nós mudamos, Circe. Até mesmo os deuses — disse ele, empilhando biscoitos de amêndoa e cereja na borda do pires de chá e inspecionando a xícara com um olhar crítico. — Vou levar esta xícara e este pires comigo para o Submundo. Espero que não se importem.

— Não nos importamos nem um pouco. Mas o que você quer dizer com deixar minhas mães contarem a história "elas próprias"? — Circe se virou para olhar o retrato de suas mães pendurado sobre a lareira e, por um momento, teve que se perguntar se era um truque de luz e sombra ou se ela de fato vira seus olhos se moverem para encontrar os dela. Teve o pressentimento de que Lucinda acharia uma forma de escapar novamente do Lugar Intermediário, e Circe não teria forças para enfrentá-la. Circe sempre sentiu que havia algo a segurando e sabia que era mais do que apenas seu amor pelas mães.

– Oh, há uma razão para isso, Circe. E é parte de uma promessa que fiz a Pflanze – disse Hades, lendo sua mente.

– Pflanze? Que promessa? – ela quis saber, dando as costas mais uma vez para o retrato de suas mães e concentrando-se em Hades.

– Está tudo no Livro dos Contos de Fadas. Presumi que foi por isso que vocês nos trouxeram à biblioteca. Está ali na estante. Vocês vão adorar isso! Estou surpreso que suas mães não tenham lhe ensinado esse pequeno truque. Tudo o que vocês precisam fazer é dar três batidinhas no livro e ele é magicamente lido em voz alta por suas autoras – explicou ele. E, com um aceno de mão, o livro voou em sua direção e pousou em seu colo. – Tudo o que vocês precisam saber está aqui no Livro dos Contos de Fadas. E não são apenas *nossas* histórias e *nossos* segredos nestas páginas, mas os delas próprias. Suas mães são perigosas, Circe, muito mais do que eu imaginava, muito mais do que eu temia. Temos que fazer alguma coisa e quero que me deixem ajudá-las.

– Elas são responsabilidade minha, não sua. Foi por minha causa que elas enlouqueceram. A culpa é minha, não sua.

– Ah, acho que a culpa *é minha*. É por isso que você precisa ouvir minha história – disse ele, enquanto o livro em seu colo se abria magicamente, as páginas sendo folheadas sozinhas, até ele encontrar o capítulo que estava tentando localizar.

– Um dia, não precisaremos usar magia para ouvir livros, dá para imaginar? – disse ele, aguardando alguma reação, mas as bruxas apenas o encararam, desconfiadas. – Sério? Não acreditam? Está bem. Vamos ouvir, então – disse ele, batendo no livro três vezes com os dedos.

CAPÍTULO IV

DO LIVRO DOS CONTOS DE FADAS

O Rei do Submundo

Após a Guerra dos Titãs, Hades foi desterrado para viver com os mortos, definhando no Submundo, sonhando com sua vida antes de ele e seus irmãos derrotarem e aprisionarem os antigos deuses. Embora devesse admitir que o mundo estava melhor sem os Titãs, o mesmo não era verdade em relação à sua vida. Estava profundamente descontente e invejava seus irmãos, Zeus e Poseidon, e os outros olimpianos, que pareciam felizes em suas novas funções, enquanto Hades odiava ser o senhor do Submundo. Dizer que era um lugar deprimente é um eufemismo. Ele se arrependeu de não ter contestado Zeus no dia em que dividiram os reinos. Hades era o irmão mais velho e achava que merecia governar o Olimpo, mas Zeus sempre parecia conseguir o que queria. Só porque tinha raios flamejantes e uma juba de leão, pensava que era o rei do mundo. Claro, ele era mesmo, mas não precisava ser tão arrogante em relação a isso, sentado no Olimpo com os outros olimpianos e fazendo o que quer que eles fizessem lá em cima. Hades os imaginava se gabando de suas façanhas de se transformar em animais e se intrometer (para dizer o mínimo) na vida dos seres humanos. (E *ele* que era chamado de mau.) É bem verdade que ele perpetrara os próprios atos de vilania. Hades ludibriara a deusa Perséfone para ser sua esposa, mas ela passava apenas um terço do ano ajudando a governar o Submundo, e o restante do tempo permanecia com os demais olimpianos ou em outras paragens, usando outros nomes e encarnações. Ela era a Deusa da Primavera em alguns lugares e Nestis, a Rainha dos Mortos, em outros. Raramente ficava no Submundo e, depois de um tempo, quando lá estava, passava as horas na própria parte do reino. Ele mal sentia a presença dela. Na prática, era como se nem estivesse lá.

O fato era que Hades havia se tornado muito amargo e solitário; ele havia mudado. Fizera coisas por desespero e raiva, das quais não se orgulhava, então, não devia ficar surpreso que sua família o visse de maneira diferente agora, desconfiasse dele e não quisesse sua companhia. Para ser sincero, nem ele queria a própria companhia; odiava quem havia se tornado no Submundo.

Desde o instante em que assumiu o trono, ele foi insultado e temido por sua família, sem mencionar quase todos nos diversos reinos. Não compreendia tal atitude. Claro que havia se tornado o governante dos mortos, mas não sentia que isso significava que deveria mudar quem era. Ele se sentia o mesmo

Hades, mas, sem saber como, transformara-se no Deus Invisível, um pária, tendo apenas os mortos, seus lacaios e um cachorro como companhia. E odiava isso. Sua vida vinha sendo essa há mais anos do que conseguia se lembrar, marcada apenas por sua crescente amargura e por sua profunda e penetrante solidão.

Com o passar dos anos, sentiu-se cada vez mais vingativo e amargo, tornando-se o deus que sua família enxergava e tratava como tal. Estava obcecado em encher os salões de *convidados* e garantir que nenhum deles fugisse. Nada deixava Hades mais furioso que uma pobre alma tentando escapar de seu reino. Se *ele* fora forçado a residir lá, então, elas também seriam. Foi quando enlouqueceu e enganou a deusa Perséfone, tornando-a sua esposa. Juntos, eles realizavam elaborados jantares para os mortos, que se tornaram um evento noturno para Hades, mesmo quando Perséfone não comparecia mais a eles.

Hades recebia seus convidados de honra quando desciam da barca que atravessava o rio Estige, conduzindo-os através da grande fortaleza até o esplêndido salão de jantar, onde selava seus destinos para permanecerem no reino dos mortos por toda a eternidade. Mas tudo isso parecia vazio; aquelas pobres almas condenadas não estavam lá por vontade própria, o que o fazia se sentir ainda mais solitário. O último lugar que elas queriam estar era no Submundo, cercadas de desespero. Não queriam ser suas convidadas. Desejavam estar com suas famílias, com seus entes queridos, rindo e desfrutando do sol brilhando em seus rostos, e Hades compreendia isso muito bem, porque ele sentia o mesmo. Então, uma noite, em vez de oferecer um banquete para os mortos, convidou sua família para jantar, certificando-se de anotar no convite que ele cuidaria para que seus servos obtivessem a comida para a refeição fora do Submundo. Queria que soubessem que aquilo não era um de seus truques; era sua maneira de levantar uma bandeira branca. Desejava mudar. Queria ser ele mesmo outra vez e achava que nada melhor que começar por sua relação com a família.

Providenciou para que um de seus salões favoritos no Submundo fosse decorado para a ocasião. Estava animado para enchê-lo com sua família e o som de risos. Entusiasmado para lhes mostrar sua fortaleza, falar sobre os velhos tempos, compartilhar histórias e provar a eles e a si próprio que ainda era o mesmo Hades de sempre. E ansioso para conversar com seu irmão Zeus. Talvez reparar os laços que haviam sido rompidos tantos anos antes.

Estava exultante de expectativa quando se sentou à sua longa mesa de jantar de mármore negro, que fora esculpida para se parecer com uma grande cobra que serpenteava pela sala. A marcassita incrustada refulgia enquanto Hades aguardava a chegada de seus convidados. Ele garantira que tudo estivesse perfeito e que seus asseclas, Agonia e Pânico, arrumassem a mesa com sua melhor porcelana preta: o aparelho de jantar com uma impressionante pintura de seu perfil no centro dos pratos e bordas de ouro, combinando com as taças de crânio que logo seriam preenchidas com néctar e a sua bebida favorita, vinho de romã. Ele fez arranjos especiais para que o néctar fosse trazido do Olimpo para sua família, com comida de suas terras, que não os tornaria convidados eternos em seu reino.

As cadeiras de jantar estavam entre seus itens favoritos do salão. Eram moldadas para se parecerem com árvores mortas; os galhos sem folhas, adornados com os espíritos dos corvos que grasnavam uns para os outros em harmonia, banhados pelo brilho das chamas azuis na colossal lareira.

Uma luz azul sobrenatural também emanava das órbitas dos inúmeros crânios que compunham as paredes daquela câmara, assentados como pedra ou tijolos, formando um cenário macabro para o jantar. Ele fez o que pôde para criar um espaço que amava no reino que desprezava. E aquele aposento era um de seus pequenos santuários. Hades realmente adorava o lugar e queria que sua família também o adorasse, e mal podia esperar que eles chegassem.

Ele estava sentado no salão de jantar, a mão pendendo na lateral do enorme trono esculpido em mármore preto guarnecido de ouro. Coçava uma das cabeças de seu cachorro quando sentiu outra lamber sua mão.

– Obrigado, Cérbero, mas isso foi nojento – disse ele, arremessando a baba da mão para longe e acariciando a terceira cabeça do cachorro, que parecia negligenciada. – Onde estão todos os meus convidados, Cérbero? – perguntou, levantando-se para puxar uma corda de veludo trançada, que pendia ao lado da lareira. Um sino cacofônico retumbou pelo Submundo. – Agonia! Pânico! Venham aqui!

Os demônios correram para o grande salão de jantar, escorregando na baba de cachorro e deslizando pelo chão de ônix negro reluzente antes de colidirem com o trono de Hades.

Permaneceram ali, erguendo a vista com cautela para ele, com uma expressão aterrorizada.

Hades não sabia como acabara ficando encarregado daqueles filhos de Ares e Afrodite. Quando a ideia de tê-los a seu serviço no Submundo foi trazida a ele, pensou que era bastante inusitada; no entanto, Agonia e Pânico eram conhecidos por serem formidáveis no campo de batalha; por isso, ele pensou que não fazia mal os ter como recurso caso seus serviços fossem necessários. Mas, até onde havia testemunhado, eles só se mostraram formidáveis em aborrecê-lo.

— Sim, Vossa Majestade? — Pânico fazia jus ao seu nome, mas não da maneira que Hades havia imaginado. Ele não causava pânico nos outros, mas entrava em pânico com frequência, especialmente quando se dirigia a Hades. Era uma criatura tímida e de aparência doentia, e todo cheio de pontas. Chifres espetados; asas minúsculas e pontiagudas; nariz comprido e pontudo; e olhos grandes, redondos e amarelos, sempre repletos de medo. Ele tremia tanto, enquanto esperava que Hades falasse, que o deus colocou a mão na cabeça da criatura para impedi-la de vibrar.

— Vocês entregaram os convites, como ordenei? — Hades se inclinou e olhou Pânico diretamente nos olhos.

— Sim, senhor, entregamos — disse Agonia, fazendo que Hades direcionasse a vista para ele e estreitasse os olhos, desconfiado. Agonia era um demônio pequeno e redondo, também com asas minúsculas e chifres consideravelmente menores que os de Pânico, e parecia tão assustado quanto seu comparsa. O único a quem causava agonia era Hades. Ambos pareciam se preparar para uma explosão de raiva, que sabiam que estava por vir. Os cabelos azuis flamejantes de Hades começaram a ficar vermelhos, e, quanto mais rubros eles se tornavam, mais os pequenos demônios tremiam de medo.

– Então onde, se me permitem questionar, *estão todos os meus convidados?* – A cabeça de Hades agora ardia em vermelho vivo. Uma cor que refletia seu humor. Uma cor que dizia a seus lacaios que eles estavam prestes a ser jogados no rio Estige, se não respondessem de uma forma que agradasse ao seu rei.

– Bem, senhor, veja, todos no Olimpo estão se preparando para o nascimento do filho de Zeus; dizem que ele nascerá dentro de duas semanas. Ah, e senhor, Zeus nos pediu para lhe dar isso. – A mão de Pânico tremia quando ele entregou a Hades o convite para a iminente celebração do nascimento. Quando Hades abriu o envelope, um cavalo alado opalescente feito de papel voou e rodeou sua cabeça. Hades estalou os dedos, fazendo que o convite pegasse fogo, suas cinzas cintilantes chovendo sobre ele.

– Blá, blá, blá, *o bebê de Zeus*! É só disso que todo mundo fala. Até mesmo Caronte estava tagarelando sem parar sobre o pirralho na outra noite, quando me transportou pelo rio. Perguntei a ele: "Você aborrece os mortos com essa tolice? Ah, já sei: ao contrário do que se pensa, eles estão vivos quando sobem a bordo de sua maldita barca e suas histórias os entediam até a *morte*!". Qual é, este é o Submundo; quem aqui liga para o que está acontecendo no Olimpo? – Ele, então, baixou a voz e se inclinou para sussurrar, a fim de que ninguém mais além de Agonia e Pânico o ouvisse, embora não houvesse mais ninguém no salão. – Então, me falem, o que disseram quando vocês levaram os convites? Como é lá em cima? Eles ficam apenas sentados bebendo néctar, rindo e flutuando nas nuvens o dia todo?

– Bem, senhor...

Mas Hades não deu a Pânico a chance de responder. Ele já sabia a resposta e ficou furioso. Explodiu em chamas que emanaram de todo o seu corpo. Estava tomado de fúria e inveja.

– Isso não é justo! Eu não consigo flutuar em nada! – Hades cerrou os punhos, a cabeça em combustão, fazendo que todas as chamas azuis no salão ardessem em vermelho.

– Isso não é verdade, Vossa Majestade, você pode flutuar em seus rios de sangue! – observou Agonia, pegando Pânico pela mão e tentando se afastar um pouco.

– Silêncio! Saiam já daqui! – A explosão de Hades fez os pequenos demônios partirem do salão correndo como baratas tontas. Seu cachorro olhou para ele com olhos tristes e se enrolou ao lado da lareira enquanto Hades andava de um lado para outro no grande salão. Ele percebeu que sua família nunca tivera a intenção de ir à sua festa e supôs que não deveria tê-los esperado. Se quisesse vê-los, precisaria subir ao Olimpo. Ultimamente, ele odiava ir lá. Eram todos tão dourados e cheios de luz, apenas sentados sendo superiores e divinos.

– Nada tem sido o mesmo desde que me tornei o Deus Invisível, desterrado aqui enquanto todos lá em cima estão resplandecentes e etéreos, rindo e me olhando com ar de superioridade, como se eu estivesse abaixo deles. E estou *literalmente* abaixo deles. As pessoas costumavam me adorar quando eu era o

Deus da Riqueza, mas agora? Sou apenas um demônio que teve de enganar uma deusa para ela se casar com ele; um demônio cuja família o odeia e cujos únicos amigos são dois imbecis e um cachorro de três cabeças. Sem ofensa, Cérbero. Eu odeio quem me tornei. Nem me reconheço mais. – Ele espiou a si mesmo em um espelho pendurado na parede, o dorso da mão pressionando teatralmente a testa.

– Será que sou assim tão terrível? O Submundo não é bom o suficiente para eles? Tenebroso demais? Não é brilhante o bastante? Não há liras suficientes? – Hades andava de um lado para outro pelo salão enquanto continuava seu desabafo. – Temos coisas legais aqui, não temos? Passeios de barca, rios de sangue, crânios, cães de três cabeças... – Chamas explodiram de suas mãos enquanto gesticulava descontroladamente; então, ele as bateu com força repetidas vezes na mesa de jantar, fazendo a porcelana chacoalhar e despertando uma das cabeças de Cérbero, que cochilava com uma poça de baba acumulada sob o queixo. Hades suspirou. – A quem estou querendo enganar? É uma droga aqui embaixo. E eu sou um monstro. Bem, se eles não descem aqui para me ver, então talvez eu deva fazer-lhes uma visitinha assim que o precioso pirralho nascer.

Sem aviso-prévio e pegando-o completamente de surpresa, três mulheres apareceram no salão. A princípio, Hades pensou que eram convidadas atrasadas para a festa, as quais finalmente chegavam, e se sentiu um tolo por estar tão aborrecido. Entretanto, quando olhou para elas, percebeu que não eram deusas, mas bruxas. Bruxas que, ele sentia, eram quase tão poderosas quanto os deuses. Bruxas que poderiam ser deusas, se o cosmos estivesse alinhado corretamente.

As três bruxas ficaram ali paradas, imóveis e confusas, cada qual parecendo exatamente igual à outra, todas belas de um jeito peculiar. Seus olhos eram grandes e bulbosos, e seus lábios estavam pintados para parecerem pequenos e em forma de coração com batom vermelho-escuro. Suas bochechas haviam sido coradas com círculos cor-de-rosa, quase como uma maquiagem de arlequim, e seus cachos eram negros como as penas de um corvo. O efeito de tudo isso era impressionante contra sua pele de intensa palidez, e Hades imediatamente gostou daquelas bruxas. Mas o que ele mais apreciou foi o poder que sentiu dentro delas.

Finalmente, alguém com quem conversar.

— Mas vocês são ou não são um trio deliciosamente bizarro!? Bem-vindas ao Submundo, minhas honradas convidadas. Vocês chegaram bem a tempo para o banquete que preparei para vocês. — Ele fingiu que nada estava acontecendo, atuando como se não o tivessem pegado completamente de surpresa. Mas as bruxas não disseram coisa alguma. Elas apenas olharam para ele, suas cabeças inclinadas para um lado, tentando avaliá-lo.

— Qual é o problema das bruxas, afinal? Por que sempre há três de vocês, é uma regra ou algo assim? — Ele sabia as respostas para suas perguntas, é claro, mas Hades adorou a oportunidade de ter alguém além de seu cachorro e seus lacaios para conversar. E ele gostava do som da própria voz. Perguntou-se o que poderia haver de errado com aquelas bruxas, com seus rostos totalmente brancos e olhos grandes demais, simplesmente o encarando sem falar. – Eu sei, eu sei, não é todo dia que se tem a chance de conhecer o Senhor das Trevas. Tenho certeza de que vocês estão com a língua presa. Mas, por favor, sentem-se, eu estava esperando por vocês.

O fato era que ele não as aguardava e estava muito interessado em saber como elas haviam entrado em seu reino. Ainda assim, gesticulou para a mesa de jantar, a fim de que elas se sentassem enquanto ele caminhava até a corda de veludo e a puxava novamente. Ele obteria suas respostas durante o jantar.

– Agonia, Pânico, sirvam o banquete! E não tragam essa gororoba que prepararam para minha família ingrata! Tragam comida do Submundo e bastante vinho de romã! E limpem essa poça – ele acrescentou, olhando para Cérbero. – Desculpem-me a bagunça, estimadas senhoras. Vocês sabem como é com cachorros de três cabeças. Três vezes mais baba. – Ele fez uma pausa para que rissem, mas as bruxas não se moveram do lugar. Aquilo era enlouquecedor. Enfim tinha companhia potencialmente interessante, mas elas não falavam com ele.

– Não acharam graça? Venham, eu exijo que falem e tomem seus lugares à mesa. Vamos comemorar sua chegada! – ele disse com um gesto de mão, fazendo que as chamas nos crânios ardessem em azul para combinar com seus cabelos.

A bruxa do meio falou primeiro:

– Sabemos...

E então, a segunda continuou:

– ... que você não estava...

E, por fim, a terceira bruxa entrou na conversa:

– ... nos esperando.

Então, todas falaram como uma só:

– A menos que agora o Rei do Submundo receba ordens da Fada Madrinha.

– Garanto a vocês, estimadas senhoras, que não recebo ordens de ninguém, muito menos dessa tal de Fada Madrinha, seja ela quem for! – ele disse, puxando uma cadeira para que uma das bruxas pudesse se sentar. Mas elas apenas permaneceram onde estavam, fitando-o com seus grandes olhos que ficavam mais redondos quanto mais o encaravam. Talvez o estivessem avaliando ou planejando sua fuga.

Não havia como saber o que se passava em suas cabecinhas diabólicas; o poder delas era tão grande que haviam barrado completamente seus pensamentos para ele. *Essas bruxas são poderosas. Não faz mal. Vou deixá-las manter seus pensamentos para si. Por enquanto*, pensou ele enquanto fazia sinal para que elas se sentassem. Mas as bruxas apenas lhe despejavam frases fragmentadas, o que o deixou irritado.

– A Fada Madrinha...

– ... é uma criatura...

– ... miserável e horrível.

– Sim, sim. Por que vocês não me contam tudo sobre ela durante o jantar? Mas, antes, um pequeno ajuste. – Ele agitou a mão, fazendo as bruxas pularem. Era a primeira indicação real de que elas eram capazes de se mover desde sua chegada. – Isso deve resolver o problema. Não aguento o modo como bruxas idênticas falam. É *tão* perturbador e, francamente, irritante. Sem ofensa – disse ele com um floreio das mãos e um largo sorriso.

As bruxas apenas olharam para ele com seus olhos grandes, encarando-o com uma expressão de confusão e as mãos na garganta, como se estivessem sufocando e incapazes de falar. Hades revirou os olhos.

– Vejo que vocês têm um pendor para o drama. Acredito que vamos nos dar muito bem. Vocês devem ser capazes de falar de forma inteligível agora. Vão em frente, *tentem*. – Ele estava achando tudo aquilo muito divertido. Decidira que iria gostar da companhia daquelas bruxas, mas se não, então, pelo menos se divertiria atormentando-as. Hades ficou parado esperando para ver o que aconteceria enquanto acariciava as penas de um dos corvos fantasmas postados no espaldar da cadeira que havia puxado para Lucinda. – E, caso vocês tentem alguma gracinha, saibam que a magia de vocês não funciona aqui. AGORA, SENTEM-SE E APROVEITEM O ESPLENDOR DO SUBMUNDO! – ele vociferou, sua cabeça ardendo com chamas vermelhas.

– Sentimos muito, Senhor das Trevas, mas não deveríamos estar aqui. Viemos ao lugar errado – disse a bruxa do meio. Elas estavam vestidas de forma idêntica, trajando veludo vermelho com detalhes em renda preta. Pareciam ter ido a um baile antes de irem para lá, e ele ainda estava se perguntando como foram parar em seu salão de jantar.

– Isso é o que todo mundo diz quando vem para cá. Mas, uma hora ou outra, é aqui que todos vêm parar! – ele disse enquanto sorria teatralmente e fazia "mãos de jazz", agitando-as espalmadas para os lados como em uma cena de musical. As Irmãs Esquisitas se encolheram e pularam para trás de terror, fazendo-o rir. — Pessoalmente, também não sou fã do Submundo, mas tenho a sensação de que ele será muito mais divertido com vocês três aqui. Perdoem-me, qual é mesmo o nome de vocês?

— Eu sou Lucinda, e estas são minhas irmãs, Ruby e Martha — disse ela, apontando para as outras bruxas que estavam paradas, cada uma a um lado.

Então, Hades percebeu que havia algo familiar naquelas bruxas, algo que ele não havia notado quando elas chegaram.

— Vocês são dos Muitos Reinos; *não* pertencem a este lugar. Posso sentir o cheiro da morte em vocês, mas não estão mortas, estão? São descendentes das bruxas da Floresta dos Mortos. Vocês são as Rainhas dos Mortos! — Hades não conseguia entender como aquilo tinha acontecido. Claro, ele sabia quem eram as Rainhas dos Mortos, e elas sabiam quem ele era; todos os guardiões dos mortos se conheciam. Mas como as rainhas da Floresta dos Mortos estavam em seu reino agora, sem a menor cerimônia? Aquilo era inédito. Ele nunca se aventuraria no reino delas sem um convite. Não intencionalmente, pelo menos. Era falta de educação. Devia haver uma boa razão para estarem ali naquelas circunstâncias, e ele estava ansioso para ouvi-la.

— Não somos as rainhas; somos os oráculos de nossa terra, nós escrevemos o destino. E ficaríamos gratas se você pudesse nos devolver aos Muitos Reinos — respondeu Lucinda, parecendo bastante surpresa por falar de forma independente de suas irmãs.

– Não se preocupe, você vai se acostumar a falar de forma inteligível – assegurou ele com um sorriso malicioso e atrevido. As Irmãs Esquisitas fizeram caretas em silêncio. – Interessante – disse ele, continuando a acariciar o corvo fantasma no espaldar da cadeira que ele ainda aguardava que Lucinda ocupasse. – Muito interessante mesmo. Não há dúvida de que você está dizendo a verdade.

– Então, nos leve para casa, demônio! – vociferou Lucinda.

Hades riu.

– Ouçam aqui, bruxas, eu estou no comando! Este é o *meu reino*! Portanto, se eu disser para se sentarem e desfrutarem de uma deliciosa refeição comigo, não é para agirem como crianças petulantes. É para SE SENTAREM E DESFRUTAREM DE UMA DELICIOSA REFEIÇÃO COMIGO! – Ele agitou as mãos, fazendo que duas outras cadeiras fossem puxadas ao lado da que ele já havia arrastado para Lucinda. Então, estalou os dedos, fazendo as Irmãs Esquisitas deslizarem até os assentos e se sentarem à mesa. Pareciam marionetes com cordões invisíveis, indefesas e zangadas.

– Vou levá-las para casa, se vocês prometerem ser bruxas boazinhas e comerem toda a sua comidinha – disse ele. – Pelos deuses, acabei de perceber quem vocês me lembram. Vocês parecem a Baby Jane! – Ele não conseguia parar de rir. – Sabem aquele filme *O que terá acontecido a Baby Jane*? – As Irmãs Esquisitas apenas o encararam. – Não acharam graça? Sério? Tanto faz. Olhem, se querem que eu leve vocês para casa depois do jantar, terão que fazer algo por mim – disse ele, com o cotovelo na mesa e o queixo apoiado na palma da mão.

Hades sorria para elas e podia sentir que as estava deixando constrangidas. Mas quem aquelas bruxas pensavam que eram, vindo ao seu reino, não rindo de suas piadas e exigindo que fossem levadas para casa? É óbvio que ele iria querer algo em troca! Ele era o rei do Submundo. Será que nunca tinham ouvido falar em fazer um pacto com o diabo? Ele sabia que, em geral, as bruxas podiam ser bastante desequilibradas – veja suas Moiras, por exemplo; elas falavam por enigmas e o deixavam louco com suas meias-verdades, previsões e ostentação constante de seus poderes. Pelo menos, aquelas bruxas eram mais toleráveis e muito mais poderosas, embora ainda não soubessem disso.

– E do que você gostaria, *Vossa Majestade*? O que podemos fazer por você? – perguntou Lucinda, cruzando as mãos como uma menininha bem-comportada, fazendo Hades rir baixinho com a falta de naturalidade de sua postura.

– Eu ainda não decidi. Mas, assim que o fizer, vocês serão as primeiras a saber. Selaremos o acordo com sangue depois do jantar – ele disse, enquanto Agonia e Pânico traziam o banquete e serviam o vinho. – Primeiro, no entanto, vamos fazer um brinde! A novos aliados! – Ele ergueu sua taça.

– A novos aliados – repetiu Lucinda, forçando um sorriso e erguendo a taça. Ruby e Martha também levantaram as delas, mas não falaram. Ele supôs que estivessem com muito medo de se pronunciar, por isso deixou passar.

– Agora, digam-me, como diabos vocês vieram parar nos meus domínios? – ele questionou, afugentando Agonia e Pânico depois que terminaram de depositar as travessas na mesa.

– Foi a Fada Madrinha. Ela estava com raiva de nós por tentarmos ajudar alguém, uma mulher que ela achava indigna – explicou Lucinda, que parecia ser a única das irmãs que se sentia à vontade para falar frases inteligíveis, como se as outras duas não tivessem experiência alguma com isso. E, quanto mais atentamente Hades estudava aquelas bruxas, mais ficava claro o porquê, mas ele guardava isso para si.

– Entendo. E por que essa mulher precisava da ajuda de vocês? – ele perguntou, entre goles de vinho.

– Ela foi enganada e levada a um casamento sem amor por um homem que a maltratava e a humilhava, e nós lhe demos os meios para se livrar dele para sempre.

– Ah, que fofo. Vocês não são mesmo umas pequeninas Erínias?[5] E, deixem-me adivinhar, essa tal de Fada Madrinha não aprovou. Acho que alguém pode querer ensinar uma lição a essa Fada Madrinha danadinha e tocar fogo em suas asinhas! Ela não pode simplesmente pôr e tirar bruxas no meu reino a seu bel-prazer sem sequer uma apresentação! Quem ela pensa que é? Talvez eu lhe faça uma visita! – disse ele, estalando os dedos e fazendo que as chamas no salão brilhassem mais intensamente.

Isso provocou gargalhadas nas Irmãs Esquisitas e as deixou instantaneamente à vontade.

– Eu adoraria ver isso! Você é a última pessoa que ela iria querer visitando a Terra das Fadas – disse Lucinda.

Hades gostava daquelas bruxas e estava feliz por finalmente encher com risos seu salão de jantar. Após a refeição, ele conduziu

---

[5] Fúrias, para os romanos. São consideradas as deusas da vingança. (N.T.)

o pequeno grupo para a sacada, que proporcionava uma majestosa vista para as águas escuras do rio Estige, enquanto bebiam mais vinho de romã em taças de crânios. Ele estava encantado com a companhia daquelas bruxas e adorava ouvir sobre suas façanhas. Elas falavam sem parar sobre sua irmãzinha, a quem amavam mais que qualquer coisa neste ou em qualquer outro mundo, e como haviam tentado ajudar uma rainha em suas terras, chamada Grimhilde, aprisionando seu pai abusivo em um espelho e tornando-o seu servo, mas a rainha enlouqueceu e agora estava presa dentro daquele mesmo espelho, sob a posse de uma jovem que elas desprezavam, que se chama Branca de Neve. Hades queria ouvir mais de suas histórias, mas estava quase na hora de mandar as bruxas de volta para suas terras. Por mais que amasse a companhia delas e desejasse que pudessem ficar, ele havia dito que as levaria para casa depois do jantar — mas talvez pudesse tentá-las a permanecer um pouco mais.

Valia a tentativa.

— Suponho que não consigo convencê-las a desfrutar de uma sobremesa. Qual é a favorita de vocês? — Mas, antes que elas pudessem responder, ele extraiu a resposta da mente de Martha. Seus pensamentos não eram tão magistralmente dissimulados quanto os de suas irmãs. — Bolo? É a gulodice favorita de vocês? Então, teremos bolo! — determinou Hades, estalando os dedos e fazendo surgir um bolo.

— Acho que não nos faria mal ficar mais um pouco — disse Ruby, aceitando a fatia de bolo de Hades enquanto Lucinda a fulminava com os olhos.

– Não seja desagradável, Lucinda. Coma um pouco de bolo! – ofereceu Hades, e Lucinda concordou depois de ver o quanto sua irmã se deleitava. Hades teve a impressão de que as Irmãs Esquisitas esqueceram de sua ansiedade para retornar aos Muitos Reinos enquanto comiam o bolo com vontade e lhe contavam histórias sobre suas várias aventuras, até que finalmente Lucinda, Ruby e Martha devoraram o bolo inteiro, largaram os garfos e se levantaram da mesa.

– Têm certeza de que não podem ficar mais um pouco? Vocês não vão querer perder os mortos entrando na barca, é uma visão deliciosamente macabra – sugeriu Hades, mas sabia que era hora de enviá-las para casa. Ele viu isso em seus corações.

– Temos que voltar para nossa irmãzinha. Ela vai ficar preocupada conosco.

Hades podia ver que elas estavam verdadeiramente ansiosas por causa da irmã e sabia que não poderia retê-las por mais tempo.

– Acho que é aqui que nos despedimos, então – disse ele, movendo a mão para criar um vórtice azul flamejante. Era uma janela para outro mundo. O mundo das bruxas. Os Muitos Reinos. Dava para eles verem a casa das Irmãs Esquisitas cercada por roseiras do outro lado do portal; estava coberta por um telhado em formato de chapéu de bruxa, janelas redondas e uma única macieira. Parecia uma habitaçãozinha deliciosa, que ele esperava visitar em breve. – Vou sentir falta do som de suas vozes no meu salão de jantar. Vocês realmente sabem como *dar vida* a este lugar! – disse ele, dando-lhes tempo para que rissem. – Enfim, vocês são muito mais divertidas que aquelas sabe-tudo ranzinzas das Moiras. – Hades ficou surpreso por estar um pouco triste ao vê-las partir. Mas trato era trato. Ele disse que as mandaria para casa, e é isso que faria.

– Obrigada, Senhor dos Mortos, por tudo. Não vamos esquecer isso – disse Lucinda, contemplando ansiosamente sua casa através do vórtice.

Hades podia sentir que ela estava procurando pela irmã para a qual estavam tão aflitas para voltar, e isso o deixou curioso para conhecê-la.

– Sim, sim! Por favor, venha sempre que quiser tomar uma xícara de chá! Nós jamais o despacharemos se você levar outro bolo delicioso daquele! – garantiu Ruby. Ela e Martha pareciam mais confortáveis agora com sua nova maneira de falar. Embora ele pudesse perceber que ambas ainda pareciam nervosas com alguma coisa.

– Adeus, nosso grande e exaltado rei. Por favor, não hesite em nos avisar se houver algo que possamos fazer para retribuir o favor – disse Martha, estremecendo quando Lucinda pisou em seu pé com uma bota pontiaguda e a olhou feio.

– Oh, Lucinda, sua bruxinha trapaceira, você acha mesmo que eu me esqueci do nosso juramento de sangue? Pensou que poderia escapar sem honrar sua promessa a mim?

Lucinda não respondeu. Não precisava responder. Hades podia ler seu rosto e ouvir sua mente. Aquelas bruxas podiam ser poderosas, mas não eram tão poderosas quanto os deuses. Lucinda tinha, de fato, achado que ele havia se esquecido. Não importava. Ele provavelmente teria tentado fazer a mesma coisa se tivesse a chance, se estivesse na situação delas.

Hades disse:

— Vocês devem compreender que, ao jantarem comigo, eu poderia obrigá-las a permanecer no Submundo, como minhas convidadas eternas. Não precisamos de um juramento de sangue.

— Então, por que se dar ao trabalho de mencionar o juramento? — questionou Lucinda.

— Porque eu estava curioso para ver se vocês têm a tendência de faltar com suas promessas e, ao que tudo indica, têm. Temos muito em comum, minhas pequenas trapaceiras. Mas vamos deixar uma coisa bem clara: posso achar vocês divertidas, suas cabeças-de-vento, mas isso não significa que não vou fazê-las cumprir sua promessa. Eu posso e vou trazê-las de volta ao Submundo para sempre se vocês se recusarem a honrar seu acordo comigo. Agora, vão embora — disse ele, acenando um adeusinho para suas novas amigas. — Nós voltaremos a nos ver. Em breve.

CAPÍTULO V

DO LIVRO DOS CONTOS DE FADAS

Os Muitos Reinos

Fazia quinze dias desde que Hades enviara as Irmãs Esquisitas de volta aos Muitos Reinos, e, nessa época, o filho de Zeus, Héracles – ou Hércules, como ficou mais conhecido – nasceu. Hades nem sabia por que havia se dado ao trabalho de ir à ridícula e extremamente tediosa celebração em honra à chegada do pirralho. Ele foi recebido com nada além de olhares de soslaio da esposa distante e silêncios constrangedores do restante dos olimpianos. Aquele evento era um espetáculo para ficar na história. Os olimpianos vestiam-se com seu habitual refinamento em dourado reluzente e mimavam aquele estúpido bebê um tanto bruto. Hades sabia que ele cresceria para se tornar igualzinho a Zeus.

Todos mergulharam em silêncio quando Hades chegou e nem se deram ao trabalho de esconder seu descontentamento por ele estar ali, exceto Zeus, que fingiu estar tudo bem entre eles. Sua dissimulação era ofensiva, condescendente e desdenhosa. Zeus fez um estardalhaço com a chegada de Hades e despejou clichês após clichês recheados de falsidade, para não mencionar insultos como quem não quer nada e, naturalmente, piadas à custa de Hades. Todos riram, é claro. Não que Zeus fosse particularmente engraçado, mas seus olimpianos tolos e bajuladores riam de todas as suas piadas, mesmo que fossem sempre muito pouco inspiradas.

Era exaustivo lidar com o irmão. Hades desejou não ter aceitado o convite e quis ir embora assim que chegou. Ele não tinha mais desejo nem energia para fingimentos. Estava cheio de representar e tentar esconder sua amargura. As coisas não iam bem entre Hades e Zeus desde o dia em que se viram diante das ruínas da guerra de dez anos e dividiram os reinos. Hades não sabia nem por que estava se esforçando; Zeus e os outros deuses o trataram como um monstro desde o momento em que ele assumiu o trono, e agora ele havia se tornado esse monstro. Então, depois de alguns comentários espirituosos, uma grande dose de sarcasmo e piadas muito mais engraçadas que as de seu irmão, Hades decidiu que era melhor ir embora rápido. Estava farto. Nada de convites para jantar. Nada de tentar fazer as pazes. Nada de visitas ao Olimpo até que ele conseguisse tomar o trono! Enquanto saía pelos portões do Olimpo, Zeus o seguiu para uma conversa particular, de irmão para irmão. (Chegaremos a essa conversa em seu devido tempo.) Mas, quando Hades retornou ao Submundo naquele dia, afastando os mortos enquanto flutuava em sua barca pelo rio Estige, sabia o que deveria fazer. Ele tinha um plano. Um plano para destruir Zeus.

Um trio diferente de bruxas aguardava por ele quando voltou para sua fortaleza no Submundo – aquelas Moiras sabichonas. Elas garantiram que ele seria bem-sucedido e que seu plano funcionaria, e tinham certeza de que ele derrubaria Zeus. Ou, pelo menos, tinham quase certeza. Sempre havia um obstáculo quando se tratava das sabichonas.

Hades não suportava a companhia das Moiras, mas, ainda assim, era encorajado por suas previsões, mesmo que, para ouvi-las, precisasse aturar sua péssima e empolada poesia.

Em dezoito anos, o destino não mente,
Os planetas se alinharão perfeitamente,
E o momento de agir chegará voando.
Solte os Titãs, aquele monstruoso bando,
Então, Zeus, antes imponente, cairá,
E você, Hades, a todos governará.
Uma advertência, porém, devemos dar,
Se Hércules lutar, você irá fracassar.

Ah, tá, claro. Ele levou apenas dez anos para lutar, derrotar e aprisionar os Titãs, mas até que *poderia* libertá-los, se isso significasse derrotar o estúpido bebê de Zeus e o restante dos olimpianos.

Entretanto, como tirar Hércules do caminho? Isso pode ser um pouco mais complicado, já que o estúpido bebê era mais forte do que um dos raios de Zeus. Se ao menos houvesse uma forma de transformar Hércules em um recém-nascido *humano* estridente e indefeso, e, portanto, muito mais fácil de matar... Ou pelo menos mais fácil para seus lacaios matarem. Hades não via qualquer razão para sujar as mãos com o pirralho insignificante. Então, criou um elixir que transformaria Hércules em humano, removendo todos os seus poderes para que Agonia e Pânico pudessem matá-lo. Moleza.

Entretanto, não era o bastante. Hades precisava que isso funcionasse. Precisava de uma garantia de que seria capaz de derrotar seu irmão. Necessitava de mais ajuda, ajuda poderosa e mágica, e iria encontrá-la nos Muitos Reinos.

Primeira parada, as Irmãs Esquisitas. Era hora de cobrar o seu favor. Depois de comunicar a Agonia e Pânico que cabia a eles ficarem encarregados da fortaleza por algumas horas (este era o tempo que ele originalmente pretendia ficar, mas sabe como é com as bruxas: as coisas sempre demoram mais tempo do que se espera), ele entrou em sua enorme lareira, fez que as chamas irrompessem e, em segundos, viu-se nos Muitos Reinos em frente à casa das Irmãs Esquisitas. Tratava-se de uma casinha torta com vitrais e um telhado de chapéu de bruxa que ficava no topo de um penhasco. Era rodeada por um jardim de rosas e, nos fundos, havia uma macieira solitária que parecia ter um significado especial. Ao redor do jardim, havia uma cerca de estacas brancas com um sino no portão para alertar os que estavam no interior da residência se alguém chegasse. Ele viu uma gata tricolor sentada em uma das janelas, observando-o com grandes olhos amarelos. Algo nela parecia familiar, mas ela sumiu de vista quando o sino do portão tocou.

Ao bater à porta, surpreendeu-se com quem atendeu. Era uma loura sedutora que ele conhecia de suas próprias terras, a deusa Circe. Ela era filha de um Titã e uma grande feiticeira conhecida por suas habilidades de transformar seus inimigos e aqueles que a ofendiam em animais. Ele certamente não esperava encontrar uma deusa nos Muitos Reinos, que dirá, entre tantos lugares, na casa das Irmãs Esquisitas.

— Circe! O que faz aqui? — perguntou, mas, antes que percebesse, ela o agarrou pelas vestes, puxou-o para dentro de casa e fechou todas as cortinas de súbito.

— O que *você* está fazendo aqui, Hades? As Moiras o enviaram? — Ela parecia apavorada.

— De certa forma, enviaram, mas não me disseram que você estava aqui. Vim para tratar de assuntos meus. Repito, por que *você* está aqui?

— Muitos anos atrás, o desejo das Irmãs Esquisitas chegou ao meu coração. Elas rezaram por uma irmãzinha bruxa e concedi o desejo delas. Eu me liguei a elas com sangue, e agora somos parentes. Eu sou elas, e elas são eu. Nós somos uma só — disse Circe, estudando Hades. Ele sabia que ela não confiava nele, assim como a maioria dos outros deuses e deusas.

— Você não é exatamente conhecida por conceder desejos. Qual é a pegadinha? O que elas devem a você? — quis saber Hades, examinando a sala.

— Não tem pegadinha, Hades. Elas são minha família agora. Elas não me *devem* nada. E só porque não sou conhecida por conceder desejos não significa que não possa concedê-los. Somos deuses; podemos fazer o que quisermos.

– Que seja. Você não precisa me dizer se não quiser. Então, elas sabem quem você realmente é ou acham que conjuraram uma irmãzinha do éter? – questionou Hades, procurando pela gata que havia visto na janela e se perguntando onde estavam as Irmãs Esquisitas. Ele ouvia Circe apenas parcialmente. Sabia que tinha de haver algo mais em sua relação com as Irmãs Esquisitas. Circe era famosa por sua magia potente e seus métodos vingativos. Então, deu-se conta. Circe gostava delas porque a lembravam de si mesma.

– Elas acham que eu sou realmente irmã delas. E sou mesmo. Olhei em seus corações, Hades, e o que vi lá me comoveu profundamente. Eu queria ajudá-las. Então, somos irmãs agora, em espírito e em sangue. E, até onde elas sabem, sempre foi assim – disse Circe.

– Essas bruxas são muito mais poderosas e interessantes do que eu imaginava – disse ele, sentindo-se satisfeito consigo mesmo por ter pensado em vincular as Irmãs Esquisitas com sua promessa a ele. Se a deusa Circe achava essas bruxas dignas o suficiente para se tornarem suas verdadeiras irmãs, então, elas eram de fato notáveis. Bem mais do que ele havia suposto. Tinham o sangue de uma deusa correndo nas veias; seriam realmente muito úteis.

– Não vou deixar você magoá-las, Hades, nem permitir que as inclua em seus esquemas, mesmo que esteja escrito no destino – disse Circe com um grande suspiro. Ela caminhou até a mesa da cozinha e pegou um livro. Era um grande volume encadernado em couro, com letras douradas, no qual se lia: O LIVRO DOS CONTOS DE FADAS. – Eu ainda não entendi como esse livro funciona. É obviamente escrito pelas Irmãs Esquisitas, ou pelo menos pela magia delas, mas há histórias aqui que datam de antes de elas nascerem, histórias escritas por suas mães e avós, creio eu. Mas nem sempre é fácil encontrar essas histórias. Às vezes, tenho vislumbres delas e, depois, nunca mais as encontro – disse Circe, olhando para o relógio sobre a lareira.

Hades não entendeu o que isso tinha a ver com ele. Ele não precisava se envolver em qualquer rolo que fosse de Circe com as Irmãs Esquisitas. Sim, as bruxas o divertiam, mas ele estava ali para cobrar o acordo que fizeram, não para conhecer sua história.

– Olha, cachinhos dourados, eu não tenho tempo para esse tipo de coisa. O que isso tem a ver comigo?

– Tem tudo a ver com você. É o que estou dizendo. Seu destino está ligado ao destino dessas bruxas e ao meu, e precisamos descobrir como. Mas não tenho tempo para falar sobre isso agora. Eu deveria estar na Terra das Fadas – disse ela, transformando-se em uma garotinha de cabelos louros. – A Fada das Trevas Malévola está fazendo seus testes de fada hoje, e as Irmãs Esquisitas e eu estaremos presentes.

– E por que o disfarce? É assim que você se mostra para as Irmãs Esquisitas?

– Não. É porque a Fada Madrinha não vai se opor à minha participação no teste se achar que sou uma garotinha – explicou ela, caminhando até a porta, visivelmente ansiosa para partir.

– Eu sei que vou me arrepender de perguntar isso, mas quem é Malévola e por que diabos ela teria que fazer um teste de fada se já é uma fada?

Circe suspirou.

– Ela está fazendo os testes para se tornar uma fada que realiza desejos e precisa do nosso apoio. As outras fadas não gostam dela porque ela é diferente. Vou dizer de novo: não tenho tempo para explicar. Está tudo no livro; leia-o e conversaremos quando eu voltar – disse Circe. Mas, antes de se despedir, ela se virou e, embora estivesse na forma de uma garotinha, toda dourada, angelical e cheia de luz, mostrava uma expressão muito séria no rosto. Outra pessoa no lugar do Senhor das Trevas poderia ter se intimidado. – Eu não vou deixar você machucar minhas irmãs, Hades. E farei qualquer coisa ao meu alcance para protegê-las. Qualquer coisa – repetiu. Então, saiu pela porta.

Hades revirou os olhos. Será que ele estava condenado a ficar para sempre cercado por bruxas que não ofereciam outra coisa senão ameaças e profecias sem fim? Primeiro, as Moiras, e, agora, a grande deusa bruxa Circe? Uma das feiticeiras mais poderosas do panteão? Alguma coisa precisava ser feita a respeito dela. Ele precisava pensar. Talvez houvesse algo na leitura desse Livro dos Contos de Fadas. Talvez a resposta para como as Irmãs Esquisitas poderiam ajudar a tomar o poder de Zeus estivesse naquelas páginas. Então, decidiu preparar uma xícara de chá, sentar-se à mesa da cozinha das Irmãs Esquisitas, perto da grande janela redonda, e ler o tal livro. Os Muitos Reinos eram mais interessantes do que Hades tinha imaginado.

Enquanto lia, ficou evidente que as Irmãs Esquisitas tinham um carinho especial por mulheres que houvessem sido injustiçadas de alguma forma, além de se sentirem protetoras em relação a elas. E, embora seus métodos fossem muitas vezes equivocados, Hades notou um padrão emergindo das páginas: as Irmãs Esquisitas estavam tentando ajudar essas mulheres. À medida que se aprofundava na leitura do Livro dos Contos de Fadas, começou a se apaixonar por aquela terra: as suas histórias, as suas criaturas e, acima de tudo, as suas bruxas. Encontrou muitas semelhanças entre este reino e o seu. Os Gigantes Ciclópicos e os Senhores das Árvores eram como os Titãs de seu mundo; as Irmãs Esquisitas eram como as Moiras ou talvez até mesmo como as Erínias; e as fadas, quando ele pensava sobre isso, eram como sua família no Olimpo – esnobes e com ar de superioridade, sempre julgando e ficando irritadas e incomodadas com qualquer um que não fosse como elas. E, quanto mais ele permanecia na cozinha das Irmãs Esquisitas, mais em casa se sentia nos Muitos Reinos. Ficou sentado ali por horas, lendo todas as histórias – histórias do passado e do futuro, algumas delas comoventes, e outras, inspiradoras. Adorou ver os esboços dos diferentes reinos e sua arquitetura diversificada, pesquisar as árvores genealógicas e ler sobre todos os habitantes dos Muitos Reinos e suas histórias, que o lembravam das sagas do seu próprio mundo. Já não o magoava tanto que sua família não o recebesse bem no Olimpo e, o mais importante, ele não se sentia mais tão sozinho. E, então, algo o invadiu, uma sensação que não esperava – ele se sentiu mais como ele mesmo, como costumava ser tanto tempo atrás. Teve um vislumbre de quem era antes de passar a governar o Submundo.

Quanto mais lia, mais aprendia a gostar daquelas bruxas. Suas histórias encantaram Hades imensamente, mas partiram seu coração. Ele teve certeza, como Circe suspeitava, de que algumas delas estavam sendo escondidas das Irmãs Esquisitas.

Então, leu as histórias vorazmente, histórias sobre a vida das Irmãs Esquisitas e de seu passado que nem elas próprias conheciam, procurando maneiras de elas o ajudarem. De repente, compreendeu como os mortais podiam se apaixonar por seus personagens favoritos nos livros que liam, como sentiam que os conheciam e como ganhavam vida em sua imaginação. Mas ele estava lendo sobre pessoas reais, bruxas reais, e mal podia esperar até que elas retornassem.

Quanto mais conhecia as Irmãs Esquisitas, mais próximo se sentia delas. Eles tinham uma conexão, compartilhavam histórias semelhantes – e ficou claro que também compartilhavam um destino. Ele começou a devanear sobre viver nos Muitos Reinos e aparecer para visitar as Irmãs Esquisitas sempre que quisesse, e decidiu, naquele momento, que precisava de um lugar próprio naquela terra. Ele precisava de um lugar para ficar enquanto pensava em como iria derrubar seu irmão. E provavelmente deveria estar por perto para garantir que as Irmãs Esquisitas não encontrassem uma forma de traí-lo, o que, como constatou no Livro dos Contos de Fadas, elas tinham o hábito de fazer toda vez que "ajudavam" alguém. Sim, esta era a maneira perfeita de ele conseguir o que queria. Não precisava pensar naquela conversa horrível que tivera com Zeus antes de partir para os Muitos Reinos, aquela que o levou até lá para pedir ajuda às Irmãs Esquisitas. Não queria pensar nas odiosas Moiras e em suas advertências sobre Hércules ou em seu trono vazio no Submundo. Ele havia encontrado um lugar onde se sentia em casa e ficaria lá até descobrir como as Irmãs Esquisitas poderiam ajudá-lo em seus propósitos.

Então, ali mesmo, trouxe à existência, por meio da imaginação, um sinistro castelo, que ele chamou de Montanha Proibida. Seria um lugar para relaxar e fugir da pressão de ser o governante do Submundo. O castelo ficaria empoleirado em um rochedo remoto e escarpado, e coberto de musgo verde brilhante, com corvos e gárgulas de pedra, e, nas entranhas mais profundas da construção, as chamas de seu reino queimariam diante de um grande trono feito de pedra – um trono no qual sem dúvida raramente se sentaria, com todos os Muitos Reinos para explorar. As chamas seriam um portal direto entre o Submundo e os Muitos Reinos, de modo que Agonia e Pânico poderiam vir buscá-lo caso algo desse errado enquanto estivesse ausente. *Sim, este era o plano perfeito*, pensou.

Era um castelo digno do Rei de Todo o Mal, um guardião dos mortos, mas o fato é que ele não se sentia particularmente mau naquele momento e preferia a ideia de passar o tempo com os vivos.

– Você não pode se esconder do seu destino para sempre, Hades.

Eram as Moiras, decrépitas e agourentas. Elas pareciam deslocadas na cozinha das Irmãs Esquisitas, com a luz do dia penetrando através dos vitrais. Antes de conhecer as Irmãs Esquisitas, ele achava que a maioria das bruxas profetisas era como estas criaturas horrendas. Detestou o lembrete de que não pertencia àquele mundo.

– O que vocês três sabichonas querem?

– A questão é: o que *você* quer, Hades?

— Pensei que soubessem de tudo! Além disso, eu já lhes disse, quero destronar meu irmão e assumir o controle do Olimpo! – disse Hades, sua cabeça agora vermelha, ardendo de raiva.

— E você quer ficar aqui – disseram as Moiras, estreitando os olhos para Hades. Ele sabia que elas não estavam erradas. Queria ficar. — No entanto, sua presença nos Muitos Reinos causará uma cadeia de eventos que trará destruição tanto para o nosso mundo quanto para este. Você sabia que, quando eram bebês, suas Irmãs Esquisitas foram levadas às pressas para longe da Floresta dos Mortos por medo de seu formidável poder, medo da destruição que sua loucura causaria; e que, por meio desse ato, elas foram colocadas nessa exata trajetória de ruína e loucura?

— Acho que devo ter lido algo sobre isso neste livro – respondeu ele com desdém e prosseguiu. — Mas o que isso tem a ver comigo? Parece que as Irmãs Esquisitas e estas terras estão condenadas, com ou sem mim. Estou aqui para cobrar um favor, simplesmente isso.

— Então, por que você construiu um castelo para si? Não há como escapar do destino, Hades. Não para as Irmãs Esquisitas nem para você. Essas bruxas são como você: nada vai impedi--las de atingir seus objetivos, não importa quem destruam no processo. Este era o destino delas desde o instante em que sua mãe as tirou da Floresta dos Mortos. As Irmãs Esquisitas vão rasgar suas almas em pedaços, tudo em nome de sua adorada Circe. Vão pensar que estão ajudando, mas não farão nada além de destruir, e você fará o mesmo, caso decida permanecer aqui e não ocupar o lugar a que pertence.

— Então, de um governante dos mortos para outro, exigirei que a mãe delas as pegue de volta e corrija o curso. Vamos evitar toda a loucura e a destruição. Problema resolvido. Nossa, será que sou o único pensador crítico por aqui?

— Se você leu o Livro dos Contos de Fadas, então sabe que a mãe delas foi além do véu e que não há como argumentar com ela. As Irmãs Esquisitas acabaram de saber de sua conexão com a Floresta dos Mortos, porque *você* chamou a atenção delas para isso quando elas apareceram no Submundo. Quando descobrirem toda a sua história, farão o céu ficar vermelho de sangue e os anjos de pedra chorarão. Este é o destino delas; não interfira. Cada história no Livro dos Contos de Fadas é entrelaçada como uma teia de aranha: corte um fio e você destruirá mais de uma vida. Essas irmãs são as arquitetas do destino nesta terra, mas se tornarão as Erínias. Ninguém deve se meter com elas.

— Essa não era bem a resposta que eu estava esperando. — As palavras das Moiras deram a Hades uma terrível sensação de mau presságio. — O que vocês não estão contando? — ele perguntou, um inusitado calafrio percorrendo seu corpo.

— Vemos agora que você está complexamente enredado no Livro dos Contos de Fadas e não podemos desemaranhá-lo. Não podemos cortar esse fio e tememos pelo futuro do seu reino e pelo destino de todos nós. A única coisa que podemos fazer agora é ajudá-lo.

— Ah, então agora vocês querem me ajudar? Achei que não tinha como escapar do meu destino sem destruir o cosmos. Vocês precisam de um tempo para combinar direito a sua história ou vamos continuar com essa narrativa? Porque, sinceramente, eu não consigo acompanhar! – Hades estava ficando com raiva e impaciente, e a última coisa que queria era as Irmãs Esquisitas entrando e encontrando estas bruxas em sua casa. Uma coisa era ele estar ali; elas lhe deviam um favor. Outra era ter uma convenção das sabichonas na cozinha delas.

– Existe um jeito, mas é perigoso. Você precisaria dividir seu fio do destino. Serão necessárias bruxas ainda mais poderosas que nós para conseguir isso, mas parece que você tem os meios para fazer uso justamente das bruxas que podem ajudá-lo. Se elas encontrarem o feitiço de que precisam nos livros de suas mães, você poderá residir aqui *e* em seu próprio reino.

– Este não é o lance de vocês, cortar fios? Por que vocês não podem simplesmente fazer isso? – perguntou Hades, sentindo-se ainda mais impaciente.

– Cortamos fios, não os dividimos. Há uma grande diferença.

– Tá. Então, haveria dois de mim? Como uma cópia? Zanzando por aí com a minha cara, agindo e falando como eu? Ele será engraçado e diabolicamente bonitão? Mas o que estou dizendo? É claro que será.

– Não como uma cópia. Ele será você e você será ele. Um só e o mesmo.

– E ele... eu... vai concordar com isso?

– Vai concordar. E vocês dois conseguirão o que desejam. Juntos, ao lado dos Titãs, vocês conseguirão derrotar seu irmão. O outro Hades assumirá o controle do Olimpo, e você estará livre para ficar aqui, se desejar.

– O que as faz pensar que eu quero ficar aqui depois de vencer?

Mas as Moiras desapareceram. A única resposta delas foi o riso zombeteiro, que ainda persistia na cozinha das Irmãs Esquisitas após elas partirem.

Era típico daquelas sabichonas acharem que sabiam o que ele queria da vida mais que ele próprio! Mas ele achava o plano delas, de fato, delicioso. E adorava viver deliciosamente. Dois dele eram melhores do que um, pensou, e decidiu que este era o favor que cobraria das Irmãs Esquisitas – iria lhes pedir que dividisse seu fio do destino. As Moiras haviam dito que precisariam do feitiço certo, mas isso não deveria ser um problema. Nada ficaria em seu caminho, a não ser Circe. Ele sabia, no fundo de seu coração gélido e sombrio, que Circe era a única pessoa capaz de interferir em seus planos. Ela o havia advertido de que não lhe permitiria incluir as Irmãs Esquisitas em nenhum de seus esquemas. Ele tinha que fazer algo a respeito de Circe.

CAPÍTULO VI

DO LIVRO DOS CONTOS DE FADAS

Um segredo e uma promessa

Hades ainda estava na casa das Irmãs Esquisitas aguardando impacientemente que elas e Circe retornassem da Terra das Fadas.
— Onde estão aquelas mulheres diabólicas? — ele perguntou a ninguém em particular além de si mesmo enquanto bisbilhotava o lugar, olhando os livros, espiando os armários e vasculhando as gavetas. Examinou uma interessante coleção de xícaras de chá, todas diferentes umas das outras, e isso o fez rir. Ele havia lido no Livro dos Contos de Fadas e nos diários das Irmãs Esquisitas o que poderia ser feito com xícaras de chá e pensou o quanto gostava da maneira como a mente daquelas bruxas ardilosas funcionava. Fuçou uma variedade de tesouros escondidos atrás dos bules e das xícaras incompatíveis, e se perguntou quem seriam as pobres almas que eram originalmente os donos

daqueles itens, mais uma vez rindo, porque tinha a sensação de que tais objetos provavelmente seriam amaldiçoados no futuro – isto é, se já não tivessem sido. Ele fez uma anotação mental a si mesmo para voltar ao Livro dos Contos de Fadas e ficar de olho em qualquer um que os estivesse usando. Foi interessante conhecer as Irmãs Esquisitas dessa forma, lendo sobre elas e tendo a casa todinha para ele, a fim de poder bisbilhotar sem ser incomodado.

Pelo menos pensou que estivesse sozinho, até que a linda gata vista por ele na janela adentrou a sala por uma portinhola que dava para o jardim dos fundos. Ela tinha pedacinhos de folhas, pétalas de flores e galhos em seu pelo, além de teias de aranha presas em seus bigodes, como se estivesse fuçando por lá, fazendo coisas felinas, embora não parecesse particularmente felina para Hades. E ele se perguntou se ela não era alguém que havia ofendido a deusa bruxa Circe e sido transformada em gata.

– *Olá, Hades* – saudou ela, piscando os olhos amarelos e ajeitando as patas dianteiras, uma depois da outra, antes de começar a limpar a cara com uma delas. Era Pflanze, a gata das Irmãs Esquisitas. Hades tinha lido a respeito dela e achou-a uma personagem divertida e formidável. Teve a sensação de que ela não era uma gata comum – se é que era mesmo uma gata. Ele podia sentir o grande poder dentro dela, mas aquela criatura parecia guardar seus segredos para si e, de acordo com o Livro dos Contos de Fadas, era evidente que era uma feroz protetora de suas bruxas. Ela o lembrava de uma deusa que ele não via há muito tempo e pensou consigo mesmo quem seria realmente aquela gata.

– Olá, Pflanze. Estou aguardando suas bruxas. Circe disse que não havia problema nisso.

– *Você não trouxe bolo* – disse a gata, piscando novamente os olhos para ele.

Ele estalou os dedos e conjurou um bolo, fazendo-o surgir na mesa da cozinha. Era redondo, com cobertura de chocolate amargo e recheio de framboesa.

– Espero que este sirva! – ele disse, sorrindo para Pflanze.

– *Você parece o tipo de deus que gosta de segredos. Se eu lhe contar um, você me fará uma promessa?*

Isso pegou Hades de surpresa. Ele tinha quase certeza de que Pflanze ouvira seus pensamentos. Ficou intrigado. Tinha a sensação de que ela iria contar quem era realmente. Era irresistível demais para deixar tal oportunidade passar.

– Isso depende da promessa *e* do segredo. É dos bons? – Hades tinha um palpite de que sim ou não teria dado atenção a uma gata falante. Pelo que sabia, todos os animais daquele reino falavam, mas ele sabia que havia algo muito diferente naquela criatura. Ele se inclinou para perto enquanto Pflanze sussurrava o segredo em seu ouvido. – Ah, eu sabia! Esse *é* dos bons! – festejou. – Suas bruxas sabem?

– *Elas não sabem, mas Circe, sim, e eu prefiro que continue assim até o momento apropriado.*

– É justo. Então, que promessa é essa? Suponho que você queira sussurrar no meu ouvido também? – ele perguntou, inclinando-se novamente, e, no momento em que ouviu, decidiu que o trato valia a pena, com um pequeno adendo. – Temos um acordo. Mas preciso de mais uma coisa sua antes de selá-lo. Diga-me por que as Irmãs Esquisitas e Circe estão neste teste de fadas, ou seja lá como chamem isso. Por que essa Fada das Trevas é tão importante para elas?

— *As Irmãs Esquisitas estão alinhando o cosmos para garantir que Malévola se transforme em um dragão e destrua a Terra das Fadas, como está profetizado no Livro dos Contos de Fadas.*

— Ah. E suponho que não faça mal algum ter a grande deusa bruxa Circe lá para auxiliá-las. Vejo que elas não precisavam da minha ajuda para se vingarem da Fada Madrinha! Bom para elas. Então, como encontro a Terra das Fadas?

— *A Fada Madrinha não vai recebê-lo em suas terras* — disse a gata, com os olhos brilhando ao sol que penetrava pelos vitrais.

— Isso não será um problema — disse ele, estendendo os braços e transformando-se em um corvo, com um bico longo e pontiagudo e impressionantes penas pretas com reflexos azulados. — Ela não saberá que sou eu.

— *Suba ao céu e sinta as vibrações das bruxas. Siga-as até encontrar as Irmãs Esquisitas* — instruiu Pflanze, ajustando suas patas brancas. Elas lembravam pequenos e fofinhos marshmallows para Hades.

— Boa gatinha. — Com um movimento de sua asa, ele conjurou um pires de leite para ela antes de abrir a porta da frente com magia. Saltitou (como fazem os pássaros) sobre a soleira, abriu as asas e levantou voo, elevando-se até as nuvens, soltando um alto grasnado de agradecimento. Podia ver Pflanze lá embaixo ficando cada vez menor, conforme ele subia acima das nuvens, e perguntou-se quanto tempo levaria até que tivesse que cumprir sua promessa a Pflanze. Se antes ele tinha dúvidas sobre a capacidade de as Irmãs Esquisitas dividirem seu fio do destino, agora elas haviam sido completamente eliminadas. Aquelas bruxas tinham o poder de direcionar o cosmos. Ele cobraria o seu favor e, juntos, destruiriam seu irmão Zeus.

Hades voou cada vez mais alto, mergulhando e emergindo das nuvens. A vista dos Muitos Reinos era extraordinária. Ele sentiu as vibrações das bruxas, mas algo o distraiu – as vibrações de outra bruxa, uma bruxa que ele não conhecia. Suas vibrações de dor, ódio e desespero eram tão fortes que Hades não pôde deixar de ir em direção a elas, e, quando finalmente encontrou a fonte, um sentimento de profunda tristeza se apoderou dele. Estava no que restava de uma floresta sombria, agora enegrecida com cinzas e fuligem. A única coisa viva era uma macieira solitária, as folhas verdes e as maçãs vermelhas se destacando vividamente na paisagem sem cor. Lembrou-se da macieira no jardim dos fundos das Irmãs Esquisitas e percebeu seu significado.

Pousou em um de seus galhos, ainda na forma de pássaro, imaginando quem poderia ter causado tal devastação. Certamente fora a bruxa que ele havia percebido pelo éter, e sentiu que ela não era mais deste mundo, mas, de alguma forma, também não havia ido além do véu. E, então, ele o viu – o velho castelo do rei e da rainha, abandonado e coberto de mato, em ruínas. A Floresta Negra situava-se entre o antigo reino e uma pequena aldeia onde os anões viviam e trabalhavam, e ele lembrou quem era a responsável pela praga na floresta. Havia lido sobre a Rainha Grimhilde no Livro dos Contos de Fadas. Hades sentiu que, cada vez que lia uma das histórias, aprendia algo novo sobre as Irmãs Esquisitas. Ele se perguntou: *Se uma bruxa que era a rainha daquela terra era capaz de tal destruição, então, o que as Irmãs Esquisitas fariam quando soubessem sobre suas verdadeiras origens? Seria como as Moiras descreveram? O céu derramaria sangue e os anjos de pedra chorariam?*

E, então, as Moiras apareceram, como se ele as tivesse manifestado com seus pensamentos. Ficaram paradas na terra enegrecida, fantasmagóricas e assustadoras. Suas bocas se moveram, mas as palavras não saíram, e suas figuras piscaram, sumindo e surgindo, antes de se tornarem sólidas e ele poder ouvir suas advertências.

– Hades, ouça com atenção nossas palavras, há uma razão pela qual você foi atraído para este lugar morto. Esta floresta está impregnada de um ódio tão intenso que destruiu a terra e sua dona. A razão pela qual você sente uma conexão com as Irmãs Esquisitas é porque elas também estão destinadas a habitar entre os mortos. É o destino delas, assim como o seu. Embora você possa escolher a própria trajetória, ainda caminhará entre os mortos.

As penas de corvo de Hades estavam cobertas por uma névoa fria, e um arrepio o percorreu enquanto observava as Moiras desaparecerem. Levantou voo da macieira solitária e circulou acima da floresta sombria, imaginando se ela se recuperaria, enquanto procurava as vibrações das Irmãs Esquisitas. Mas ele foi distraído – algo a mais o chamava. Não eram as Irmãs Esquisitas. Parecia familiar e, ainda assim, totalmente novo.

Então, ele a viu, a Montanha Proibida, e era tão surpreendente vê-la com os próprios olhos como o fora quando a trouxera à existência por meio de sua imaginação. Ele voou em torno de sua nova fortaleza, observando as pedras cobertas de musgo verde, as estátuas de corvos e gralhas, e a beleza sombria de seu novo palácio o cativou. Entrou voando por uma janela em uma das altas torres e desceu um túnel escuro. Resolveu que seria mais fácil se deslocar em sua verdadeira forma, por isso transformou-se novamente e seguiu as vibrações que o convocavam. Sentiu a mesma força que o puxara quando foi atraído para a Floresta Negra e viu que tinha de segui-la, embora estivesse perdendo tempo e precisasse chegar à Terra das Fadas. O corredor estava escuro como breu, então, ele produziu uma chama em sua mão e se aventurou por um túnel que serpenteava por quilômetros, até se dar conta de que, naquela parte da caverna, a rocha era diferente da pedra do castelo que ele havia criado; estava coberta de musgo cinzento em vez de verde, e percebeu que as catacumbas sob o próprio castelo estavam, de alguma forma, conectadas às de outro. E, justamente quando começava a sentir que aquela passagem não conduzia a lugar algum, ela se abriu em um imenso e opulento salão com altos pilares de mármore e elaboradas alcovas arqueadas que abrigavam estátuas. O chão de pedra estava coberto por uma densa névoa rodopiante que se agarrava às suas vestes e lhe causou calafrios como a névoa na floresta.

No centro do salão, havia uma árvore morta e, ao lado dela, uma imensa e majestosa estátua da poderosa e tremendamente cruel bruxa Manea. Ele leu o nome dela na placa ao pé de sua estátua e lembrou-se do que havia aprendido sobre sua traição no Livro dos Contos de Fadas. Imediatamente, soube onde estava – sob a Floresta dos Mortos, na câmara mortuária da falecida rainha. Ele cometera um erro terrível ao se deixar arrastar para lá. As estátuas das antigas Rainhas dos Mortos o encaravam com olhos vazios, repreendendo-o por invadir seus domínios; então, ele se curvou diante delas em reverência. Não era costume que os guardiões dos mortos entrassem nos reinos uns dos outros sem serem convidados, sem pompa e circunstância, mas ele era o senhor do Submundo, afinal de contas. Quem eram aquelas bruxas para o afrontarem? Foi como se as Rainhas dos Mortos ouvissem seus pensamentos, porque as estátuas começaram a se mover, e a de Manea no centro, perto da árvore morta, soltou um grito horripilante que despertou do sono as outras estátuas. Sangue escorria dos olhos da figura de Manea enquanto seus gritos ficavam mais altos e estridentes, e as paredes começaram a tremer, causando fendas cavernosas que vomitaram milhares de esqueletos, que se derramaram no salão e se empilharam a seus pés.

Ele olhou para os crânios e os ossos caídos a seus pés, sorrindo.

– Agora vejo de onde suas filhas tiraram o pendor para o drama! – ele disse com um sorriso que esperava encantar as Rainhas Fantasmas.

– *Os mortos são sempre bem-vindos aqui, senhor do Submundo. Sua vinda foi profetizada. Escolha seu próximo passo com cuidado, ó, Invisível. Você detém o destino de muitos de nós nas mãos.*

– Nutro, pelas Rainhas dos Mortos do passado, a mesma estima que tenho por minhas Moiras, e elas proferiram a mesma advertência. Suas filhas não podem ocupar seu lugar como rainhas aqui?

— *Todas as minhas filhas me traíram ou estão destinadas a fazê-lo no futuro. Não estenderei a mão para ajudá-las a ascender ao trono e jamais as receberei além do véu.*

— Bem, talvez, se você simplesmente contasse a elas quem são e as deixasse assumir seus devidos lugares, não estaria com essa besteira de profecia autorrealizável nas mãos. Já pensou nisso? — A cabeça de Hades explodiu em chamas vermelhas. Até mesmo ele ficou surpreso com sua raiva, mas a Rainha Fantasma Manea o fazia lembrar de seu irmão, e o ódio que ele agora sentia por ambos se tornava devorador.

— *Você está sobre os ossos das rainhas que vieram antes de minhas filhas. Está nos salões de minhas mães e daqueles que os frequentavam. Minhas filhas não pertencem a este lugar, e você também não. Estamos conectados na morte, senhor do Submundo, mas não somos amigos.*

Hades sentiu uma tristeza dentro dele pelas Irmãs Esquisitas. A família delas as abandonara, assim como a família dele o fizera. A mãe delas as expulsou de seu lugar de direito, assim como seu irmão o baniu para o Submundo. Ele sentia uma afinidade cada vez maior com aquelas mulheres estranhas e decidiu que faria o que fosse necessário para ajudá-las.

— Então, eu me despedirei de você, grande rainha, e a deixarei descansar em paz. — Ele se curvou, fazendo uma reverência, exatamente como esperaria que ela fizesse se estivesse visitando seu reino. — E prometo nunca mais entrar novamente na Floresta dos Mortos sem ser convidado.

— *Certifique-se de nunca mais fazê-lo, Senhor das Trevas* — disse a terrível rainha enquanto ela e as outras estátuas lentamente ocupavam, mais uma vez, seus lugares de descanso. Era tudo tão perturbador, saber que aquelas eram a verdadeira família das Irmãs Esquisitas, e ele se perguntou em que medida os atributos daquelas Rainhas Fantasmas residiam em Lucinda, Ruby e Martha.

Hades balançou a cabeça ao sair da câmara, sabendo muito bem que era mais poderoso que as Rainhas Fantasmas, mas não queria desperdiçar tempo ou energia iniciando uma guerra com as Rainhas dos Mortos – ele precisava guardar isso para Zeus.

Enquanto voltava pelas catacumbas, deixou sua mente vagar para a última vez que viu seu irmão. Fora na festa pelo nascimento de Hércules. Ele não queria pensar no acontecido; continuou afastando aquilo de sua mente, mesmo que fosse exatamente o motivo que o trouxera aos Muitos Reinos para pedir ajuda às Irmãs Esquisitas. Mas não podia deixar de pensar agora.

Ele se lembrou de estar postado em frente aos portões do Monte Olimpo antes de ir para a festa. Ficou impressionado com o quanto se sentia diferente enquanto estava no Olimpo. Era tão aberto, tão cheio de luz e cercado por impressionantes nuvens nimbus. Apenas ficou parado ali respirando profundamente e aproveitando o espaço ao seu redor. A sensação era de liberdade quando estava lá. No Submundo, ele se sentia confinado e ansioso. O ar sulfuroso o sufocava e fazia as paredes se fecharem sobre ele. Queria olhar para cima e ver as nuvens, douradas e rosadas, respirar ar fresco e conversar com alguém que não estivesse morto.

Naquele dia, Hades não se apressou para chegar ao ponto mais alto do Olimpo, onde sabia que encontraria seu irmão e os outros olimpianos celebrando o nascimento de Hércules. Ele adorava caminhar pela trilha sinuosa que o levava para cima e ao redor do belo reino. Ao chegar ao topo, entrou na festa, que já estava a todo vapor. Todos os deuses e deusas estavam presentes. Zeus o cumprimentou, sorrindo com tudo, menos com os olhos. Era assim que ele era – abria um sorriso enquanto examinava Hades com um olhar desconfiado. E tudo correu como Hades esperava. Zeus foi irritante e Hades foi sarcástico. Zeus fez piadas à custa de Hades e todos riram. Então, Hades se retirou com um ódio renovado por seu irmão. Mas, antes que pudesse voltar para o Submundo, ouviu Zeus chamando por ele. O senhor dos deuses havia seguido Hades para que pudessem conversar sozinhos.

– O que foi tudo aquilo, Hades? Convidar-nos para jantar? – perguntou Zeus, não precisando mais manter as aparências para os outros olimpianos nem fingir jovialidade ou zombarias amigáveis entre irmãos.

– Não sei, Zeus. Talvez eu estivesse levantando uma bandeira branca ou talvez tenha enlouquecido temporariamente – respondeu Hades, sem mesmo querer olhar para o irmão. Estava exausto. Queria ir embora, mas Zeus continuou falando.

– Todo mundo sabe que a comida consumida no Submundo torna o visitante um residente permanente de lá – disse Zeus. – Você sinceramente não espera acreditarmos que você não estava tentando nos enganar, da mesma forma que fez com Perséfone, não é?

– Você está certo, Zeus, eu estava tentando enganá-lo! – Hades falava com sarcasmo. – Oh! O bicho-papão Hades estava tentando prender o grande e poderoso Zeus no Submundo. Como se você não fizesse as leis ou tivesse o poder de mudá-las a seu bel-prazer! Nós dois sabemos que você simplesmente não quis ir.

— Não, eu não quis. Olhe para você! Você mudou. Está horrível. Não é de admirar que precise enganar alguém para ser sua esposa! Você se tornou um monstro, Hades. É mau, amargo e cruel.

— E foi por seu desígnio! Fique de olho, irmão. Da próxima vez que ouvir falar de mim, não será para um convite para jantar. Será uma declaração de guerra!

Hades suspirou, tentando banir da mente a lembrança daquela conversa, tentando se enraizar nos Muitos Reinos. Estava com raiva de si mesmo por ser tolo o suficiente para pensar que, depois de tanto tempo, ele poderia convidar o irmão para jantar e eles teriam uma conversinha, resolvendo as coisas. Era uma loucura pensar que seriam amigos novamente. Se é que algum dia foram.

Na verdade, ele não se importava com nenhum de seus irmãos, mas Poseidon era outra história, uma que ele encontrou na narrativa sobre Úrsula no Livro dos Contos de Fadas — embora Poseidon fosse chamado de Tritão lá —, uma história que não surpreendeu Hades nem um pouco. Seus dois irmãos valorizavam a beleza acima de tudo. (Bem, quase tudo. O que ambos mais valorizavam era o poder.) Ficou claro para Hades que Zeus não o queria no Olimpo, ofendendo a todos com seu hediondo semblante. Zeus preferia exilar o próprio irmão para apodrecer com os mortos, para se tornar pútrido e imundo.

Seus irmãos não o amavam nem o valorizavam mais; eles o viam como um monstro. Quando Hades se permitiu admitir tal coisa, isso o machucou profundamente. Sentiu-se mais certo do que nunca de que sua decisão de dominar o Olimpo e lançar seu irmão Zeus no Submundo era o certo a fazer. O único caminho a seguir agora era a guerra – e ele faria o que fosse necessário para vencê-la.

CAPÍTULO VII

DO LIVRO DOS CONTOS DE FADAS

A Montanha Proibida

Originalmente, a intenção de Hades era ir para as Terras das Fadas, mas ficou claro que suas viagens naquele dia só o levariam a lugares mortos dos Muitos Reinos, e ele estava farto de lugares mortos por ora. Em vez disso, fez o trajeto de volta pelas catacumbas que pareciam conectar a Floresta dos Mortos e as masmorras subterrâneas à própria fortaleza e pensou no que fazer a seguir. Acomodou-se no que se tornaria seu aposento favorito na Montanha Proibida, rindo consigo mesmo porque, embora tivesse feito questão de tentar torná-la diferente de seu palácio no Submundo, percebia agora que havia semelhanças entre ambos.

Permaneceu ali, observando a sala, adorando a maneira como se sentia ali. Em vez de crânios, as características dominantes de sua nova fortaleza eram gralhas e corvos. Ele a adornou com inúmeras estátuas de suas aves favoritas, e seus olhos brilhavam com fogo verde para combinar com o musgo e as trepadeiras que se enroscavam na fortaleza de pedra. No novo salão de jantar, havia uma grande mesa redonda de mármore preto e, no centro, a escultura de uma árvore morta onde os espíritos dos corvos descansavam e grasnavam uns para os outros. Às vezes, eles desciam para conversar com os outros corvos fantasmas, que se postavam nas cadeiras que ele agora percebia serem iguais às do salão de jantar no Submundo. Por toda a fortaleza, chamas verdes pairavam no ar como vaga-lumes, dançando ao som do canto dos corvos, que cativava Hades, proporcionando-lhe pequenos momentos de serenidade. Ele contemplou sua vida até aquele momento, dando-se conta de que não tinha sido boa, mas sempre era grato pelas ocasiões fugazes que lhe traziam paz e até felicidade, mesmo que apenas por um momento. Aquele era um desses momentos.

Hades sentou-se à mesa de jantar, acariciando um dos espíritos de corvo, decidindo como colocaria seus planos em ação. Enviaria uma mensagem para as Irmãs Esquisitas, convidando-as para seu novo castelo depois que os testes de fada terminassem. Ele conjurou um rolo de pergaminho, uma pena, um tinteiro, cera para o lacre e seu sinete oficial, e redigiu rapidamente uma mensagem para as Irmãs Esquisitas, informando-as de que estava lá e gostaria que fossem vê-lo o mais breve possível. E, com "o mais breve possível", ele queria dizer *imediatamente*. Dobrou a mensagem, derreteu uma gota de cera no pergaminho dobrado e gravou-a com seu selo, que obviamente mostrava uma augusta imagem de seu perfil. Então, ele a entregou a um dos corvos fantasmas.

— Leve isto para as Irmãs Esquisitas. Você as encontrará nas Terras das Fadas — ele instruiu e observou o corvo fantasma voar janela afora. Ele invejava a habilidade de os corvos se deslocarem com tal liberdade. Mesmo em sua forma de pássaro, Hades não era verdadeiramente livre. Talvez depois que as Irmãs Esquisitas dividissem seu fio do destino, que o outro Hades passasse a residir no Submundo e que seu plano para derrubar Zeus estivesse concretizado, ele exploraria mais os Muitos Reinos e veria todos os lugares mágicos que conheceu enquanto lia o Livro dos Contos de Fadas. Mas agora não era o momento para isso. Precisava pôr as coisas em movimento. Primeiro, tinha que lidar com Circe. Era evidente que ela era extremamente protetora em relação às Irmãs Esquisitas e não permitiria que elas mexessem com um feitiço tão perigoso. Hades decidiu que a melhor coisa a fazer era enviar Circe para um lugar e prendê-la ali para impedi-la de retornar aos Muitos Reinos. Mas como fazê-lo sem que as Irmãs Esquisitas soubessem? Como colocar isso em prática de modo que elas não saíssem por aí buscando encontrá-la para trazê-la de volta para casa?

Conforme permanecia ali considerando suas opções, Hades foi ficando impaciente aguardando seu corvo retornar com a resposta das Irmãs Esquisitas; por isso, conjurou um pequeno vórtice rodopiante que lhe permitiu ver onde elas estavam. Encontrou-se olhando as Terras das Fadas. Tudo estava mergulhado no caos. As fadas gritavam e corriam em todas as direções enquanto chovia fogo do alto. Um grande dragão lhes lançava chamas verdes, que iam engolfando as terras. As Irmãs Esquisitas lutavam para correr em direção ao fogo. Gritavam o nome de Circe sem parar, com medo de que ela tivesse sido apanhada pelas chamas. Hades sabia que a deusa Circe não poderia sucumbir a tal morte – era muito poderosa –, mas lembrou que ela havia enfeitiçado as Irmãs Esquisitas, fazendo-as pensar que era apenas sua irmã, e não uma deusa que havia respondido às suas orações. Esta era a oportunidade perfeita para se livrar de Circe, e as Irmãs Esquisitas pensariam que ela estava morta, consumida pelas chamas do dragão. Era a única maneira; ele tinha que fazer isso se quisesse atingir seus objetivos. Além disso, as Moiras haviam dito que era Circe quem as enviaria rumo à destruição. Talvez esse ato não fosse tão egoísta, no fim das contas; contudo, sabia que, se as Irmãs Esquisitas estivessem em seu lugar, fariam o mesmo.

Ele procurou por Circe com o auxílio de seu vórtice e a encontrou, ainda disfarçada de garotinha. Estava tentando libertar alguns corvos de uma gaiola quando ele enfiou a mão no vórtice e a puxou pelo portal, abandonando a gaiola.

– O que diabos está fazendo? – perguntou Circe, transmutando-se agora de volta em sua forma real. – A Fada das Trevas está atacando as Terras das Fadas. Precisam de mim lá. – Ela estendeu a mão em uma tentativa de retornar, mas ficou surpresa ao ver que sua magia não funcionava mais. – Você bloqueou minha magia! Eu queria confiar em você, Hades, queria de verdade, mas de jeito nenhum vou permitir que arraste minhas irmãs para essa sua guerra contra Zeus. Eu não vou deixar que as coloque em perigo, ou qualquer outra pessoa nos Muitos Reinos.

– Eu sei. É por isso que você tem que sair de cena. Adeus, Circe – disse ele, estalando os dedos e fazendo-a desaparecer.

Com esse obstáculo fora do caminho, ele estava um passo mais perto de derrotar Zeus.

CAPÍTULO VIII

DO LIVRO DOS CONTOS DE FADAS

Uma nova Circe

Fazia semanas desde que as Irmãs Esquisitas perderam sua irmã Circe. As fadas estavam trabalhando duro para restaurar as terras que haviam sido destruídas por Malévola, e ninguém sabia para onde ela fora. As Irmãs Esquisitas estavam desoladas e exauridas com a dor pela perda da irmã e a preocupação com Malévola. Hades não esperava que o período de luto delas fosse tão prolongado, e fazia tudo o que podia para levantar os ânimos, a fim de que ficassem fortes o suficiente para ajudá-lo. E, quando se permitia admitir, odiava vê-las sofrer tão terrivelmente.

Ele havia começado a entrar na casa das Irmãs Esquisitas sem bater à porta. Indo lá novamente, descobriu que a mesa da cozinha estava abarrotada com os inúmeros bolos que trouxera em suas visitas anteriores. Colocou o novo bolo na mesa, depois de abrir espaço entre os outros, e olhou em volta para ver onde as Irmãs Esquisitas poderiam estar. Não estavam na sala de visitas, onde ele geralmente as encontrava, debruçadas sobre diários e livros de feitiços ou convocando Circe e Malévola em um dos espelhos mágicos, sem sucesso. Em vez disso, estavam no antigo quarto de Circe, deitadas lado a lado, espremidas na cama, apenas encarando o teto. Olhando para o nada.

— Ok, senhoritas. Hora de levantar, trouxe bolo para vocês — disse Hades, batendo palmas alto e sorrindo largamente enquanto se inclinava sobre elas. As Irmãs Esquisitas permaneceram catatônicas, seus olhos parados. Ele se perguntou se elas ao menos estariam cientes de sua presença. Até que Ruby murmurou:

— Já chega de bolo.

— Que história é essa? Uma Irmã Esquisita que não quer bolo? A coisa deve ser séria. — Hades fazia o possível para ser jovial, para aliviar o clima. Ele sabia que suas enérgicas táticas habituais não funcionariam se quisesse que aquelas bruxas recuperassem as forças para realizarem o feitiço de que ele precisava. Além disso, já tinha tentado ameaçar, e não dera certo. Ele as havia lembrado de que elas ainda eram consideradas suas convidadas de honra no Submundo e de que, a qualquer momento, poderia aprisioná-las lá. Mas elas não se importaram. Disseram que preferiam estar no Submundo a viver nos Muitos Reinos sem a irmã. Então, Hades teve que bolar outro plano.

— É mortalmente séria — disse Lucinda, que estava imprensada entre as irmãs, olhando Hades bem nos olhos.

— Venham, saiam já da cama, vocês três. Sei que estão de luto, mas não devemos nos deixar consumir. Eu lhes trouxe um delicioso bolo de avelã. *O favorito de vocês!*

— Esse não é o nosso favorito! E nós nunca mais vamos sair da cama. Nossa irmã está morta, e perdemos Malévola — disse Ruby.

Hades sabia que as Irmãs Esquisitas estavam cansadas de ele ir lá todos os dias para ver como estavam e acelerar sua recuperação, mas estava perdendo tempo. Se não conseguisse fazê-las concordar em ajudá-lo logo, teria que retornar para o próprio reino e lutar contra Zeus sem a ajuda delas. E, por mais que não quisesse admitir, ele se importava com aquelas bruxas.

— E se eu lhes disser que existe uma forma de criar uma nova Circe e que eu posso ajudá-las?

As Irmãs Esquisitas imediatamente se sentaram eretas, como vampiros de brinquedo emergindo rápido de seus caixões. Elas pareciam pavorosas, desnutridas e ainda mais pálidas que o normal. Seus cabelos estavam emaranhados, a maquiagem borrada, e elas ainda trajavam os mesmos vestidos que usavam no dia em que pensaram que Circe havia morrido.

— Pela avó de Nosferatu! — ele disse, assustado com a aparência delas. — Muito bem, Senhoras Havisham,[6] a primeira coisa que precisamos fazer é tirar vocês desses vestidos. — Ele estendeu a mão para ajudá-las a sair da cama, uma por uma. Elas olharam para Hades como costumavam fazer quando ele

---

6   Personagem de *Great Expectations*, romance de Charles Dickens. Miss Havisham é uma senhora rica, louca e rancorosa, que vive em uma mansão em ruínas e usa o mesmo velho vestido de noiva desde que foi abandonada no altar. (N.T.)

dizia coisas que não entendiam. Ele fez um gesto com a mão, colocando-as em vestidos novos de veludo negro com estrelas prateadas bordadas, meias listradas de preto e branco, e botas pretas pontiagudas. – E talvez devêssemos fazer algo a respeito desses ninhos de ratos – disse ele, olhando para seus cachos emaranhados cobertos de glacê. – Eu quase me sinto um Fada Padrinho! – ele brincou, enquanto transformava magicamente os cabelos delas mais uma vez em cachos perfeitos, encimados por espalhafatosos chapéus emplumados, feitos com corvos sentados em ninhos de filó preto. As irmãs o encararam, estupefatas. – Entenderam? Porque estou fazendo uma reforma geral em vocês! – ele disse, com os braços estendidos como um artista de vaudeville.

– Não comece a fazer suas mãos de pizzazz. Não estamos no clima – disse Ruby.

– O nome certo é mãos de jazz, e eu não ia fazer. Olhem, estou realmente me esforçando aqui. Estou fazendo tudo ao meu alcance para não ter erro. Cabelos, maquiagem, vestidos, sapatos, assim como a Fada Madrinha. – E foi o que bastou: a mera menção de seu nome fez que as Irmãs Esquisitas tivessem um ataque de raiva tão carregado de rancor que começaram a andar descontroladamente de um lado para outro do quarto, planejando vingança. Hades compreendia. Quando ele não estava materializando bolos para as Irmãs Esquisitas, tentando levantar o ânimo das três, ou contatando Agonia e Pânico para se certificar de que eles não haviam destruído o Submundo de algum jeito, ele lia sobre os eventos que levaram Malévola a destruir as Terras das Fadas. E elas tinham razão. Fora praticamente tudo culpa da Fada Madrinha. Se ela não tivesse sido tão cruel com Malévola, tratando-a como uma pária, decidindo que era má por causa da cor de sua pele e porque... valham-me os deuses.... tinha chifres, Malévola provavelmente nunca teria ficado tão zangada, desencadeando sua transformação, mesmo com a ajuda das Irmãs Esquisitas alinhando o cosmos. As Irmãs Esquisitas prepararam o cenário, tornaram aquilo possível, mas foi a mágoa e a raiva de Malévola que causaram a transformação. E foi a Fada Madrinha quem causou tal mágoa.

— Vou esfolá-la viva!

— Depois vou fervê-la em óleo!

— Não antes de eu arrancar as asas de suas costas!

— *O que foi que você fez?* — Pflanze olhava para ele de cima da penteadeira das Irmãs Esquisitas. Ela estava irritada. — *Hades, eu finalmente havia conseguido acalmá-las logo antes de você chegar.* — Sua cauda balançava violentamente, e seus olhos estavam estreitados de raiva.

— Eu tinha que fazer alguma coisa! É melhor que a alternativa. Elas estavam catatônicas! — Hades disse, dando-lhe uma coçadinha atrás da orelha.

— *É melhor mesmo?* — ela disse, pulando da penteadeira e se esgueirando em direção à porta. — *Bem, agora você vai ter que lidar com elas. Eu preciso de uma pausa.* — Ela saiu do quarto balançando o rabo como um chicote. Hades achou mesmo que era melhor ficarem agora apenas os quatro. Não tinha certeza do que Pflanze pensaria de seu plano.

— Senhoritas, vejam só o que fizeram. Afugentaram Pflanze. Vocês não querem ouvir meu plano? Terão tempo suficiente para sua vingança depois de criar uma nova Circe – disse ele, esperando que essa fosse a maneira de inspirá-las. Havia lido no Livro dos Contos de Fadas que as bruxas da Floresta dos Mortos tinham grandes poderes, necromânticos e outros, e numerosos livros de feitiços que continham seus segredos. E ficou sabendo por seus corvos que havia bruxas jovens e inexperientes por lá agora, tentando ocupar seus lugares como rainhas daquela terra, mas estavam tendo dificuldades e ficariam gratas em encontrar outras bruxas que pudessem ajudá-las. Então, decidiu que seria melhor enviar as Irmãs Esquisitas para lá sob o pretexto de oferecer ajuda, a fim de que pudessem examinar aqueles livros para encontrar o feitiço de que precisariam para criar outra Circe e dividir o seu fio do destino. Claro, seria mais fácil simplesmente ir lá e pegar os livros de feitiços, mas ele prometera às Rainhas Fantasmas que não entraria na Floresta dos Mortos novamente e, se estivesse ao seu alcance fazê-lo, sempre procurava ser um demônio de palavra.

– Uma nova Circe?

– Sim, uma nova Circe, não seria ótimo? Igual à outra. Tudo o que peço em troca é que façam um feitiço para mim.

– Que tipo de feitiço?

– Na verdade, não é nada demais. Eu só preciso que dividam meu fio do destino ao meio para que haja dois de mim.

Elas o encararam.

– E como nós fazemos isso? Não possuímos esse tipo de magia. Nem conhecemos o feitiço.

– Mas vocês têm o poder! As Moiras me disseram isso. Agora só precisam do feitiço. Vocês têm laços com as bruxas da Floresta dos Mortos, então, não terão problemas para entrar na floresta, e têm tanto direito à magia daquelas terras quanto as jovens bruxas que residem lá agora. Visitem Gothel e suas irmãs na Floresta dos Mortos, não digam a elas quem vocês são e, enquanto estiverem lá, olhem nos livros de feitiços da mãe delas. Tem de haver algo lá que mostre como dividir os fios do destino e como criar uma nova Circe.

— E devemos simplesmente entrar na Floresta dos Mortos e dizer: "Olá, podemos ver os livros de feitiços de sua mãe?". Gothel não vai achar isso estranho?

— Acho que ela e suas irmãs ficariam felizes em conhecer outras bruxas. Felizes por alguma ajuda. Pelo que entendi, estão precisando. Ouvi dizer que Primrose e Hazel não estão bem. Vocês podem se oferecer para ajudá-las a procurar uma cura em sua vasta biblioteca. Isso lhes daria uma desculpa para bisbilhotar e encontrar os feitiços de que precisamos.

As Irmãs Esquisitas pareciam intrigadas, e Hades podia ver seus pensamentos a mil.

— E se fizermos isso por você, dividir seu fio, estaremos quites?

— Veremos – disse ele, vendo que seu plano finalmente estava dando certo.

— Mas não podemos ir para a Floresta dos Mortos e ajudar outras bruxas enquanto Malévola ainda está à solta. E se ela atacar outro reino e alguém tentar matá-la? – questionou Ruby.

— Deixem Malévola comigo. Os corvos estão de olho nela por mim. Vou encontrá-la e garantir que fique segura. Vão para a Floresta dos Mortos e encontrem os feitiços de que precisamos, e eu lhes emprestarei meus poderes para ajudá-las da maneira que puder. E, escutem, isto é importante: quando chegarem à Floresta dos Mortos, tentem não agir tanto como Irmãs Esquisitas.

– O que você quer dizer?

– Vocês sabem exatamente o que quero dizer. Aquelas jovens bruxas já passaram por maus bocados e não precisam de vocês falando de modo maluco e fazendo suas coisas estranhas de Irmãs Esquisitas. Sejam apenas amigas delas. Não seria bom terem umas amigas?

CAPÍTULO IX

DO LIVRO DOS CONTOS DE FADAS

O dragão adormecido

Hades estivera ocupado tomando conta de Malévola enquanto as Irmãs Esquisitas estavam fora; por isso, ficou satisfeito quando elas finalmente retornaram para ele da Floresta dos Mortos. Ele andara passando mais tempo na Montanha Proibida e decidiu renovar um pouco a decoração enquanto aguardava a volta delas. Criou uma masmorra subterrânea embaixo da sala do trono, acessível por um estreito lance de degraus que levavam a um espaço cavernoso com uma lareira monstruosamente grande contendo um fogo ardente. A lareira era flanqueada por duas enormes estátuas de dragão e, diante dela, Malévola dormia em sua forma bestial. Hades a havia colocado sob um feitiço de sono para que pudesse descansar e se recuperar após sua provação. Desde a chegada de Malévola, os espíritos das gralhas e dos corvos de Hades frequentemente voavam até a masmorra para ver como ela estava. Sentiam-se seus protetores agora, já que haviam sido eles que Hades enviara à procura dela. Em uma de suas buscas, encontraram Opala, o corvo de Malévola, e a levaram à Montanha Proibida para que ela pudesse contar sua história a Hades. Assim que Opala lhe contou onde poderia encontrar Malévola, ele magicamente transportou o dragão para a masmorra, e era lá que ficaria até ter tempo de se tornar ela mesma novamente. Tempo para deixar de lado sua mágoa, seu terror e sua fúria.

Quando as Irmãs Esquisitas finalmente chegaram, Hades estava sentado na sala do trono, acariciando Opala, que estava empoleirada no apoio de braço. Era a primeira visita das Irmãs Esquisitas ao seu castelo, e ele estava feliz por estar na companhia de suas bruxas mais uma vez.

– Bem-vindas à Montanha Proibida, bruxas! Achei que nunca mais voltariam! O que acharam de minhas novas instalações? – perguntou Hades, sorrindo para as Irmãs Esquisitas.

– "Instalações"? Você andou instalando? Por que simplesmente não usa magia? – questionou Lucinda, fazendo Hades rir.

– Estou tão feliz que vocês, cabeças-de-vento, estejam de volta. E aí, encontraram os feitiços de que precisamos? – ele quis saber, deixando Opala pular em seu ombro.

– Estamos felizes em ver você também, mas prometemos a Gothel que voltaríamos logo para a Floresta dos Mortos e tentaríamos ajudá-la com suas irmãs, Primrose e Hazel. Elas estão muito doentes e enfraquecendo rapidamente – disse Lucinda. As Irmãs Esquisitas pareciam mais focadas para Hades, muito mais que antes de irem para a Floresta dos Mortos. Ele esperara que lhes dar um propósito ajudaria, e, ao que tudo indicava, ajudara mesmo.

— Ficamos tão desapontadas por não conseguirmos encontrar nada em seus livros de feitiços para ajudar as pobres Primrose e Hazel ou para trazer Circe de volta... – disse Martha.

— Se eu não as conhecesse bem, diria que vocês gostam daquelas bruxas. Vocês devem retornar o mais rapidamente possível. Tenho certeza de que as respostas estão lá, tanto para isso quanto para como dividir meu fio do destino – disse Hades.

— Oh, nós encontramos o feitiço para o fio – disse Lucinda, dando a Hades um sorriso diabólico.

— Falaram de tudo e deixaram de fora o principal! – disse ele, assustando Opala com sua voz retumbante. – Então, contem-me, o que descobriram?

— Encontramos um feitiço interessante, que pode dividir uma bruxa em três, e achamos que, com algumas modificações, podemos usá-lo para criar dois de você.

Hades se perguntou se as Irmãs Esquisitas compreendiam as implicações do feitiço que haviam acabado de descrever, mas elas simplesmente continuaram tagarelando, e ele chegou à conclusão de que não haviam feito a conexão. Suas bruxas eram espertas – tendiam a ser singularmente focadas quando se dedicavam a alguma coisa – e, ainda assim, muitas vezes se distraíam por completo de seu propósito.

— Diga-nos, você encontrou Malévola? Ela está segura? – perguntou Martha.

— Oh, sim, eu a encontrei – disse ele.

— Ela está bem? Onde estava? – quis saber Ruby.

— Estava prestes a atacar o Reino Morningstar. Opala aqui me encontrou a tempo de salvá-la, mas coloquei Malévola sob um feitiço de sono antes que ela pudesse causar mais danos. Está descansando em segurança.

— Deveríamos ir vê-la!

— Não se distraiam do seu propósito, minhas bruxas. Deixem a Fada das Trevas descansar e se recuperar por enquanto. Ela está transbordando de tristeza pelo que fez nas Terras das Fadas – disse ele.

— A Fada Madrinha mereceu o que recebeu!

— Concordo. Mas vamos voltar a este feitiço para dividir meu fio do destino. Quanto tempo vocês acham que levará para aperfeiçoá-lo?

— Não muito. Até a próxima lua cheia. Então, chegará o momento certo – disse Lucinda, que parecia ter um brilho nos olhos.

— Então, daqui a alguns dias? E vocês conseguirão aprontá-lo até lá? Excelente. Tenho meus planos, e é preciso haver dois de mim para concretizá-los – disse ele. Nesse instante, Pflanze entrou no salão. Desde quando soube que Malévola estava dormindo na câmara subterrânea, ela sempre dava uma passada lá para ver como a Fada das Trevas estava.

— Pflanze! Bem-vinda de volta. Espero que esteja bem.

A gata tricolor adentrara a sala do trono como se fosse a rainha do lugar, fazendo Hades soltar uma risadinha, considerando quem ela realmente era.

— *Estou muito bem, Hades. E vejo que minhas bruxas estão mais animadas. Vim ver se estava tudo bem com elas e com a Fada das Trevas. Onde ela está?*

— No mesmo lugar em que estava todas as vezes em que você a visitou: na masmorra subterrânea, aquecendo-se perto do fogo. Ela ainda está dormindo — disse Hades, deleitando-se por saber de um segredo sobre Pflanze que as Irmãs Esquisitas não sabiam.

— *Posso descer e ver como ela está? Não vou incomodá-la* — ela disse, estreitando os olhos para ele, sem dúvida ouvindo seus pensamentos e lembrando-o, com seus olhares de reprovação, de manter a boca fechada.

— É claro. Você é, como sempre, minha convidada mais honrada, seja aqui, seja em qualquer lugar em que eu possa residir — ele disse com uma piscadela maliciosa. — Lembre-se, é a escadaria estreita à esquerda. Por favor, não fique rondando pelas passagens erradas; você pode acabar indo parar entre os mortos.

— *Obrigada pelo aviso.* — Pflanze se espreguiçou antes de partir e descer à masmorra subterrânea para ver o dragão adormecido.

Hades viu a expressão de perplexidade estampada no rosto das Irmãs Esquisitas. Mas ele sabia que não tinha a ver com Pflanze.

— Existem dois portais lá embaixo, um para meu reino e outro para uma câmara sob a Floresta dos Mortos. Eu sei, eu sei, eu deveria ter contado a vocês sobre aquele que dá na Floresta dos Mortos, mas minha intenção era que vocês se tornassem amigas das bruxas de lá. Não queria que entrassem e saíssem furtivamente como as bruxinhas sorrateiras que são, encontrando o que foram buscar e voltando correndo para casa. Vocês precisam de amigas, amigas bruxas, e quem melhor que as bruxas da Floresta dos Mortos? Alguém para considerar como família. — Acontecera algo inesperado para ele: estava se permitindo admitir que se importava com aquelas bruxas. Vinha dizendo a si mesmo que simplesmente enviava as Irmãs Esquisitas para a Floresta dos Mortos para obter o feitiço de que precisava e, embora isso fosse verdade, também queria que elas descobrissem quem realmente eram sem todo o caos, sangue e destruição que as Moiras haviam profetizado. E, antes de ele poder assimilar que de fato gostava daquelas bruxas malucas, as Irmãs Esquisitas o rodearam, abraçando-o e enchendo-o de beijinhos no rosto, com lágrimas nos olhos.

– O que é isso? O que foi que eu disse? Afastem-se de mim! – Suas bochechas agora estavam cobertas de marcas de lábios vermelhos.

– Você gosta de nós! – elas disseram, sorrindo para ele descontroladamente.

– Oh, parem com isso! – ele protestou, tentando limpar as marcas de batom de suas bochechas.

– Você pode não querer admitir, mas gosta de nós! – todas elas disseram, rindo e saltitando como colegiais deslumbradas.

– Ah, saiam! Vocês têm muito trabalho a fazer! Feitiços para aperfeiçoar. Agora caiam fora daqui, suas birutas – disse ele, tentando não deixar transparecer que o gesto delas o tocara ou que poderiam estar certas.

Enquanto Hades observava as Irmãs Esquisitas partirem de sua câmara, ele se perguntou no que havia se metido. Ele se importava mesmo com aquelas bruxas? E seria um erro deixá-las entrar em seu coração frio e sombrio? Só o tempo diria.

CAPÍTULO X

DO LIVRO DOS CONTOS DE FADAS

O fio do destino

Na noite de lua cheia, Hades encontrou as Irmãs Esquisitas na casa delas. Parado diante da porta da frente ao crepúsculo, ele olhou para a pequena e engraçada habitação e se perguntou se seria a última vez que lhes faria uma visita. Embora tivesse fé nas habilidades das bruxas, tratava-se de um feitiço muito avançado, e ele queria estar preparado se não funcionasse e ele fosse forçado a retornar ao Submundo. Respirou fundo e, quando estava prestes a estalar os dedos para fazer um bolo aparecer em sua mão, Martha gritou por uma das janelas.

— Não há necessidade de conjurar um bolo! Fizemos um para você! — ela disse, enfiando a cabeça para dentro com a mesma rapidez com que a colocara para fora.

— Sim, Hades, entre! – convidou-o Ruby, parada diante da porta aberta. As Irmãs Esquisitas haviam enfeitado a si próprias e a residência para uma esplêndida celebração. Lucinda, Ruby e Martha usavam vestidos azuis com delicadas chamas de miçangas que pareciam dançar na luz. Seus cabelos estavam presos em penteados elaborados, com cachos longos e macios, e fitas azuis que caíam sobre seus ombros esquerdos. Cintilantes pedras preciosas azuis haviam sido trançadas em seus cabelos, com chamativas penas também azuis no topo de suas cabeças. Hades não via tamanha pompa desde que visitara a França do século XVIII.

— Santa Maria Antonieta, vocês estão fabulosas! – ele disse. – De repente, sinto-me tão malvestido. – Hades modificou magicamente suas vestes para não destoar dos vestidos delas. – Pronto! Agora estamos todos fabulosos! Quero dizer, *quase sempre estamos fabulosos*, exceto aquela vez em que vocês estavam com bolo no cabelo, mas... ah, não importa. – Pela primeira vez, ele mal sabia o que dizer. A casa estava decorada com correntes de papel azul e guirlandas de todas as flores azuis imagináveis, e a cozinha estava repleta de bolos de aspecto saboroso, os biscoitos favoritos dele, sorvetes, doces, bules e mais bules de chá, e tudo mais que ele havia reclamado por não ter no Submundo. Elas haviam criado um banquete digno de um deus.

— Por que sinto que esta é minha última refeição? – ele perguntou.

— Bem, pode ser a última refeição que você fará conosco. É quase impossível matar um deus, mas estamos interferindo no seu fio do destino, e é um feitiço perigoso. Esperamos que o pior que aconteça seja fracassarmos e você ter que retornar para o Submundo – disse Lucinda, e Hades ficou contente por ter pensado em colocar um encanto nas Irmãs Esquisitas para fazê-las falar em frases mais longas quando ele as conheceu. Sempre que o efeito passava, era só ele estalar os dedos e elas voltavam a ser conversadoras agradáveis.

– E se, por acaso, esta for nossa última noite reunidos, queremos ter certeza de que será sempre lembrada – disse Martha.

Hades apenas ficou parado ali, atordoado e sem palavras, pensamento que o fez cair na gargalhada. As Irmãs Esquisitas não sabiam por que ele estava rindo, mas se juntaram a ele assim mesmo, todos gargalhando, cantando e comendo bolo até pouco antes da meia-noite.

O corvo de madeira colocou a cabeça para fora das portas do relógio de cuco-corvo sobre a lareira e grasnou: "A hora das bruxas está quase chegando! *Crás, crás!*", depois voltou para dentro.

– Só mesmo vocês para acertarem seu relógio para pouco *antes* da hora das bruxas! – disse Hades.

– Dessa forma, nunca vamos perdê-la! Qual é o sentido de o relógio crocitar ao bater da meia-noite quando ainda temos preparativos a fazer antes da hora das bruxas? – argumentou Ruby.

Hades não respondeu; ele estava distraído, olhando para as bugigangas e os retratos emoldurados na cornija da lareira. Havia um de Circe. Ficou surpreso ao sentir uma pontada de culpa por fazer as Irmãs Esquisitas acreditarem que ela estava morta. Bem, com sorte, elas teriam uma nova Circe em breve.

E ele havia decidido que faria qualquer coisa que pudesse para ajudá-las. Era o mínimo que podia fazer.

— Antes de começarmos, tenho algo a dizer. Mesmo que o feitiço funcione, terei que ir e voltar para meu reino, apenas para visitas curtas. Não ficarei muito tempo fora – ele disse, fazendo uma careta, esperando que as Irmãs Esquisitas não tivessem uma reação exagerada.

— Pensamos que você estaria aqui para nos ajudar com o feitiço para criar outra Circe se nossa magia não for forte o suficiente. Além disso, sentiremos sua falta – disse Lucinda. Hades gostava de todas as Irmãs Esquisitas, mas havia algo diferente em Lucinda. A centelha dentro dela era mais viva que a de Ruby ou Martha. Todas eram bruxas excepcionais, mas algo em Lucinda brilhava mais. E ele sabia por quê. Ele apenas se perguntava quanto tempo levaria até que elas descobrissem, e ele queria estar nos Muitos Reinos quando isso acontecesse. Faria o possível para ajudá-las a evitar todas aquelas previsões apocalípticas proferidas pelas Rainhas Fantasmas e pelas temidas Moiras. Ele tinha dois objetivos agora: derrotar o seu irmão e assegurar a felicidade das Irmãs Esquisitas.

— Se formos capazes de criar outro de mim, então os dois de mim terão de lutar lado a lado. Quero que libertemos os Titãs juntos e derrotemos nosso irmão. Então, ele poderá ocupar o lugar de Zeus no Olimpo, e eu ficarei livre para ficar aqui e ajudá-las. Haverá tempo suficiente para decidir o que vou querer fazer depois disso. – Ele já estava se preparando para toda uma reação melodramática das Irmãs, mas todos foram distraídos por uma batida à porta, e Hades soube de imediato quem deveria ser. Sua cabeça explodiu em chamas vermelhas. – VOCÊS CONVIDARAM AS SABICHONAS?

– Não fique com raiva! Precisamos delas aqui! – disse Lucinda.

Mas ele a ignorou e apanhou uma grande tigela de doces da mesa, abrindo a porta em seguida, com um exagerado floreio.

– Ah, vejam só, são criancinhas no Halloween fantasiadas de bruxas decrépitas – disse ele com um sorriso irônico.

As Moiras pareciam cômicas para ele, com olhos gigantes e feições exageradas. Elas estavam completamente deslocadas nos Muitos Reinos e ainda mais ali, paradas na porta da frente das Irmãs Esquisitas. Não era assim que ele queria ver a noite transcorrendo, mas tiraria proveito da situação. Hades estalou os dedos, e baldes de plástico em formato de abóbora apareceram nas mãos das Moiras. Ele riu ao vê-las paradas ali como crianças em fantasias grotescas de Halloween.

– Feliz Dia das Bruxas! Agora, entrem aqui rápido, antes que assustem o pessoal do lugar! – disse, colocando doces nos baldes. As Moiras pareciam surpresas, mas as Irmãs Esquisitas estavam se acabando de tanto rir, embora Hades tivesse certeza de que não faziam ideia do que ele estava falando.

– Não é Samhain[7] – disse a Moira com seu grande e único olho, pegando o doce do balde e cheirando-o.

– Sim, eu sei. E essa é justamente a questão! – disse Hades. – Essas três não têm um pingo de senso de humor. – Então, voltando-se para as Irmãs Esquisitas, ele perguntou: – O que

---

[7] Antigo festival pagão celta da colheita, no qual a celebração do Halloween tem suas raízes. (N.T.)

elas estão fazendo aqui? Por que não convidamos todas as suas amigas bruxas e fazemos uma grande festa das bruxas? Quer que eu ressuscite sua amiga Grimhilde? Que tal Úrsula? Já que estamos nisso, por que não convidar Baba Yaga?! Teremos que mudar o banquete para acomodar seus gostos peculiares, mas isso não deve ser um problema. – Hades ardia em vermelho, com olhos esbugalhados e punhos cerrados.

– Calma, Hades. – Lucinda pegou o deus pelo braço e o conduziu até a cozinha, onde poderiam conversar em particular.

– Por que você está tão chateado por elas estarem aqui? – Lucinda perguntou.

– Elas estragam tudo, *tudo*! Estão sempre falando sobre como meus planos vão falhar – ele disse, transformando magicamente seu rosto na Moira com um olho só. – Olhe só para mim! Sou assustadora, sou uma Moira sabe-tudo, blá, blá, blá. Será um desastre; tudo virará pó. Ah, e a propósito, eu sei de tudo! – Ele se transformou de volta para o próprio rosto. – É tedioso. Só por uma vez, gostaria de fazer um plano e não deixar aquelas bruxas me dizerem que vai dar errado! Não confio nelas.

– Mas não são elas as bruxas que têm o poder de cortar os fios do destino? E cortar um fio do destino não significa morte? – Lucinda perguntou, colocando a mão no braço dele.

– Sim – ele respondeu, seu cabelo agora mudando de vermelho para azul.

– É exatamente por isso que eu as queria aqui. Quero você vivo. Dessa forma, posso ficar de olho nelas, garantir que não fiquem um pouco nervosas com aquela tesoura.

– Ah, você é uma bruxinha trapaceira, e eu a amo por isso!
– ele disse, surpreendendo Lucinda e a si mesmo, mas era verdade. – Sim, eu disse que amo você, e daí? Não vamos fazer um estardalhaço em torno disso e chorar nem nada – ele disse, arrastando-a de volta para a sala de estar com um entusiasmo renovado.

– Tudo bem, bruxas, estou pronto! Mas a questão é: vocês estão prontas para criar outro pedaço de mau caminho? Entenderam? Mau caminho? Não? Ok, tanto faz. Acho que a verdadeira questão é: vocês acham que o mundo está pronto para dois de mim? – ele perguntou, espalmando as mãos e balançando os dedos com um sorriso diabólico. As Moiras apenas ficaram perfeitamente estáticas segurando seus baldes de doces ou travessuras, olhando para Hades, estupefatas.

– Ele só está deslumbrando com as mãos. É uma coisa que ele faz – explicou Ruby, olhando para as Moiras.

– Eu acho que você quer dizer mãos de pizzazz! Na primeira vez que ele fez isso, pensamos que estava tentando nos enfeitiçar! – contou Martha, rindo tanto que caiu no chão.

– Não, já disse a vocês, o nome correto é mãos de jazz! Isto, minhas bruxas, é deslumbrar! – disse Hades, girando em círculo e, depois, parando para revelar que seu manto estava agora completamente coberto de pedras azuis faiscantes. – E isto são mãos de jazz! Mas acho que vocês estão certas, mãos de pizzazz soa mais divertido! – ele disse, agitando os dedos novamente, fazendo as Irmãs Esquisitas rirem tanto agora que Ruby foi parar também no chão com Martha. As Moiras só ficaram paradas ali, com os estúpidos baldes de Halloween, olhando para eles.

— Ah, deixem pra lá, vocês, bruxas corocas, não são nem um pouco divertidas! – ele disse para as Moiras. – Vamos continuar com o feitiço.

De repente, tudo ficou muito quieto. Uma névoa fria envolveu a sala, obscurecendo inteiramente a luz, a não ser por um brilho suave que iluminava as Moiras enquanto falavam.

— A hora das bruxas está quase chegando. Agora é o momento da cerimônia de separação – disse a Moira com o nariz longo e pontudo com uma voz que deu nos nervos de Hades.

— Sim, sim – disse a Moira com o rosto comprido e o sorriso desdentado. – A hora está próxima.

A Moira com um olho só e dentes afiados apenas ficou parada ali, com sua temida tesoura enferrujada, abrindo-a e fechando-a repetidamente, como se estivesse ansiosa para ver tudo dar errado e ter uma desculpa para cortar de uma vez o fio de Hades.

— Viu só? É disso que estou falando. Tudo com elas tem que ser tão dramático! – Hades disse, revirando os olhos. – Névoa? Sério? E pare de abrir e fechar essa tesoura! Pelo amor dos deuses, vamos acabar logo com isso para que essas bruxas possam voltar a ferver os ossos de criancinhas ou o que quer que façam além de me atormentar!

Ele estalou os dedos, fazendo os baldes de doces ou travessuras desaparecerem.

— Ei, nós gostamos deles – disseram as Moiras, falando como uma só.

— Bem, se vocês forem boas bruxinhas e eu não morrer nesta cerimônia, então, talvez, vocês os consigam de volta!

Hades e as seis bruxas estavam sob os frondosos carvalhos, seus galhos cheios de minúsculas chamas azuis dançantes que piscavam e ficavam mais brilhantes conforme as bruxas pronunciavam seus encantamentos no escuro. Hades era iluminado por uma nesga de luar que passava através dos galhos enquanto as bruxas o rodeavam, todas vestindo capas pretas com capuz. A princípio, suas vozes eram murmúrios, depois, foram ficando mais altas até que se ergueram juntas em uma cacofonia enlouquecedora.

– Por que me sinto como se estivesse na montagem de *Macbeth* mais horrível da história? – ele se perguntou em voz alta. As bruxas fizeram *psiu* em uníssono.

Enquanto as bruxas entoavam feitiços na escuridão, suas vozes se misturavam com a brisa, fazendo que as chamas nas árvores, a lua e as estrelas brilhassem mais forte. Embora fosse meia-noite, a luz se tornou tão intensa que o céu ficou da cor do crepúsculo. Hades podia sentir o cosmos mudando, e, de repente, o céu escureceu e a luz, em vez disso, preencheu Hades.

A luz da lua, das estrelas e das chamas em todos os Muitos Reinos estavam agora dentro dele. Podia sentir as estrelas se movendo, alinhando-se em uma posição de poder; ele sentiu a luz delas se agitar dentro de si e empurrar seu fio do destino para fora do peito. Lucinda o prevenira de que essa parte seria desconfortável, de que seu instinto seria fugir, mas ele permaneceu ali sem se mexer, resistindo ao impulso de correr ou de acabar com tudo.

Continuou repassando os avisos dela repetidas vezes em sua mente: *Tudo dentro de você vai querer lutar contra isso. Sua alma vai sentir que está sendo arrancada do seu peito, você vai querer resistir. Apenas fique parado e confie em nós. Você confia em mim, Hades? Você confia em nós?* Ele confiava nas Irmãs Esquisitas. Na verdade, não sabia por quê; não havia nada em sua história sugerindo que devesse, mas ele confiava. Era inexplicável essa confiança e essa conexão que tinha com elas. Então, ficou completamente parado, resistindo ao impulso de fugir, e, para seu espanto, ele viu o fio do destino emergindo de seu peito, brilhando na escuridão, crescendo cada vez mais, até que pareceu que iria arrancar seu coração com força. Na outra ponta, puxando o fio, estava Lucinda.

Ela curvou o indicador, sinalizando para a Moira Futuro que se juntasse a ela, e tirou uma faca do bolso da capa. Futuro prendeu a ponta do fio entre os dedos e o segurou esticado, enquanto, com cuidado, Lucinda o cortou longitudinalmente até chegar a Hades. As vozes das outras bruxas ressoaram na escuridão, cada vez mais alto, até que isso e a dor no peito de Hades eram tudo o que existia. Ele se sentiu fraco e perigosamente perto da morte, mas manteve-se firme nas palavras que as bruxas entoavam sem parar.

Mudar agora o que era um em dois,
Trazendo seu duplo à vista depois.
Com mais de um, nossos reinos brindar,
Seu fio vital vamos separar.
Dois Hades esta noite vai trazer
Seu irmão Zeus ele deve abater.

As bruxas recitaram os versos vezes sem conta. Hades sentiu como se estivesse preso a um *loop* infinito, levando-o cada vez mais fundo na escuridão, até que finalmente se sentiu envolvido pelo vasto vazio do cosmos. Estava desaparecendo, morrendo, e a última coisa que viu antes de fechar os olhos foi o sorriso de Lucinda.

CAPÍTULO XI

A ILUMINAÇÃO DA FLORESTA DOS MORTOS

Hades pausou a leitura do Livro dos Contos de Fadas com um floreio dramático, trazendo o grupo de volta ao presente. Eles vinham ouvindo a história de Hades havia horas. Já escurecera e as mesas estavam cheias de xícaras de chá vazias e pratinhos com migalhas de biscoito.

— Presumo que minhas mães o traíram — disse Circe. — Como você sobreviveu? — Hades compreendia por que ela pensaria o pior de suas mães.

— Elas não me traíram, bruxinha. Elas criaram dois de mim, assim como eu pedi.

Estar na Floresta dos Mortos com Circe, Primrose e Hazel o fez sentir falta de sua amizade com as Irmãs Esquisitas. Hades passara a considerar Lucinda, Ruby e Martha como família e ficou desapontado quando a amizade deles acabou mal, mas sentira uma necessidade de protegê-las, a mesma necessidade que agora sentia em relação a Circe, e se perguntou se era porque ela personificava as coisas que ele mais apreciava em suas mães.

— Se o feitiço funcionou, então por que Zeus ainda governa o Olimpo? — questionou Circe, trazendo os pensamentos dele de volta ao presente. Hades resolveu que a resposta mais curta seria suficiente.

— Porque Zeus é um velho bebezão que quer as coisas feitas do jeito dele. E eu acho que isso estava, você sabe, *escrito* — disse com outro floreio de mãos.

— Então somos todos meros joguetes para bruxas como suas temidas Moiras e minhas mães? Eu me recuso a aceitar isso — disse Circe, e ele podia ver como ela estava magoada.

— Sem brincadeira, Circe, o que você, Primrose e Hazel estão fazendo pela Floresta dos Mortos e pelos Muitos Reinos, e o que você fará no futuro, é lindo. Era para ser assim. Primrose viu isso em seus sonhos despertos. Você é a Circe que sempre esteve destinada a ser rainha — disse ele, sorrindo para ela.

— Espere. Você está dizendo que tudo isso aconteceu para que eu me tornasse a Rainha dos Mortos?

Ela não parecia convencida, mas Hades podia ver as mudanças que a influência dela já havia causado; podia ver as mudanças que ela faria no futuro, ao lado de Primrose e Hazel.

— Suas mães começaram com boas intenções. Assim como você, elas achavam que qualquer pessoa merecia alguém para protegê-las, não apenas as princesas. E sabe por que isso era tão importante para elas? Porque sabiam muito bem o que era estarem sozinhas no mundo, sem ninguém para protegê-las, até o dia em que a deusa Circe aceitou ser irmã delas. E eu lhes tirei isso, deixei-as sozinhas para descobrir como criar você. Não é inteiramente culpa delas terem se corrompido e não serem mais as bruxas de antes.

– E sabemos o motivo disso – disse Circe, olhando para a escuridão da Floresta dos Mortos.

– Elas escolheram usar as melhores partes de si para criar você. Mas não se culpe. Eu sou o responsável. Fui eu quem levou embora a Circe original. Se eu tivesse estado lá para ajudá-las, como prometi, talvez as coisas tivessem sido diferentes. É por isso que senti que devia um último favor às suas mães e concordei em tirar você do Lugar Intermediário. Eu arruinei a vida delas, Circe. Eu lhes devia pelo menos isso. Meu único consolo é que, se eu não tivesse sumido com a Circe original, você nunca teria existido. Você nunca teria se tornado rainha, e a Floresta dos Mortos ainda seria um lugar de terror.

Hades percebeu que Jacob estava parado na soleira da porta aguardando em silêncio que eles parassem de falar. Então, dirigiu seu olhar para ele e exibiu um sorriso cheio de dentes afiados como adagas, embora estivesse compungido por finalmente admitir tudo isso em voz alta. Ele não estava acostumado a sentimentalismos, muito menos a compartilhá-los com os outros.

– Podemos ajudá-lo, meu bom senhor? – Hades perguntou, sorrindo para o homem. Todos se viraram para olhar Jacob. Ele vestia um elegante terno de veludo preto e usava uma cartola, e tinha uma pequena rosa vermelha presa na lapela. Hades ficou contente por aquela feliz distração. – Ora, ora, se não temos aqui um cavalheiro elegante! – disse Hades. – Só o que está faltando é uma bengala chique. – Ele estalou os dedos e uma bengala surgiu na mão de Jacob. Era longa e preta, com um castão de prata em forma de corvo e uma ponteira também de prata.

— Obrigado, fico muito honrado com seu presente e seu espírito generosos — disse Jacob, girando-a com orgulho. Era a primeira vez que via Jacob sorrir desde que chegara à Floresta dos Mortos. Aquele era o tipo de homem de que ele precisava no Submundo.

Hades fazia anotações mentais durante sua estada na Floresta dos Mortos e estava pensando nas mudanças que gostaria de efetuar quando chegasse em casa.

— Você parece um personagem tirado de um romance de Dickens. Oh, espere! Você tem que dizer estas palavras: "Você será visitado por três fantasmas." — Hades estava morrendo de rir. Claro que Jacob e as bruxas não tinham ideia do que ele estava falando, mas ele não se importava. Adorava provocar risadas em si mesmo. Não conhecia ninguém mais engraçado. — Ah! Já sei o que está faltando — disse Hades, estalando os dedos novamente e fazendo um monóculo aparecer no rosto de Jacob. — Sim! Agora você está perfeito. — Hades não pôde deixar de sorrir para aquele homem. Ele realmente gostava de Jacob e estava feliz que o mordomo aceitasse seus presentes, sabendo não haver segundas intenções.

— Você está muito elegante, Jacob! O completo cavalheiro, como sabemos que você é — comentou Hazel, com lágrimas nos olhos. — Não sei por que não pensamos em lhe dar algumas coisas novas.

— Vocês têm estado ocupadas, minha rainha. Não se aflija. Eu sei que têm apreço por mim – Jacob disse, e uma lágrima escorreu pela bochecha de Hazel.

— Sim, Jacob, espere até Branca o ver na próxima vez que vier nos visitar. Ela vai desfalecer! – disse Primrose, descontraindo o clima.

Hades podia sentir que Jacob não duvidava da sinceridade daquelas palavras; ele sabia o quanto aquelas bruxas o adoravam, algo que só era superado pelo amor que ele tinha por elas. O senhor do Submundo estava com muita inveja de Jacob, por enganar a morte como havia feito e viver eternamente na companhia de bruxas tão agradáveis.

— Estou satisfeito em vê-lo vivendo tão bem agora, Sir Jacob. Você merece toda felicidade depois do que sofreu, do que suportou. Tenho inveja da vida que tem agora – Hades disse e pôde perceber que suas palavras tocaram Jacob tão profundamente que ele não sabia como responder; então, Hades rapidamente mudou de assunto. — Receio estar distraindo-o do motivo pelo qual você veio aqui, para começo de conversa, Sir Jacob. Por favor, perdoe-me – disse, encantado pelo jeito com que Primrose e Hazel sorriam para ele.

— Sim, por favor, desculpem-me, Senhor e Senhoras das Trevas, mas a refeição está sendo servida na sala de jantar, de onde vocês terão uma deslumbrante visão da iluminação da Floresta dos Mortos. Por favor, sigam-me – ele disse, gesticulando com a mão esquelética como se para conduzi-los para fora do aposento.

– Obrigada, Jacob, mas acho que prefiro ser conhecida como Senhora da Luz – disse Primrose, com o rosto radiante enquanto sua risada ecoava, fazendo que todos na sala se juntassem a ela.

– Acredito que, com o tempo, vocês todas serão conhecidas como Senhoras da Luz – disse Hades, acompanhando o grupo para fora da biblioteca, em direção à sala de jantar.

A sala de jantar era grande e retangular, as paredes de pedra cinzenta como o restante da parte mais antiga da mansão. Um dos lados da sala tinha uma parede baixa, com um janelão que ia quase até o chão, de modo que a sala toda se abria para o exterior. Isso normalmente daria lugar a uma visão de todo o terreno, mas estava escuro como breu na Floresta dos Mortos agora, e a única luz na sala de jantar provinha da grande lareira em formato de uma enorme cabeça de dragão, o fogo ardendo no interior da bocarra do monstro. Nas pedras de ambos os lados da cabeça da criatura, Hades notou formas ovais mais claras que o restante das paredes, revelando onde costumavam ficar pendurados retratos; presumiu que fossem das rainhas anteriores, provavelmente retirados por Hazel e Primrose.

Depois de ajudar todos a se sentarem, Jacob ficou próximo a um dos pilares do lado da sala que tinha vista para o terreno. Era uma noite fria, mas o espaço estava quente por causa do fogo que crepitava na boca do dragão.

– Deve ser difícil para vocês viverem aqui depois de tudo o que a megera da sua mãe lhes fez – disse Hades, fazendo Primrose rir.

– Parece que foi há muitas vidas, Hades, mas obrigada por dizer isso. Acho que é por isso que estamos determinadas a trazer uma nova era para a Floresta dos Mortos e os Muitos Reinos. Mas como você sabe tanto sobre nós? – questionou Hazel.

– Eu sou um deus, Hazel! Eu sei tudo. Tudo o que está escrito no Livro dos Contos de Fadas e muito mais – explicou ele, deixando-se levar para outra época, como as próprias senhoras da Floresta dos Mortos faziam com frequência. – Não é interessante como a família tem o poder de nos magoar tão profundamente? Ela pode nos ferir como ninguém mais pode.

– Acho que li uma frase como essa na história de Grimhilde; ou talvez tenha sido na de Úrsula, não consigo me lembrar – disse Hazel.

– É disso que estou falando. Quase todos nós fomos magoados por nossas famílias, mas olhem para nós agora, formando nossas próprias famílias, com pessoas que escolhemos amar – disse Hades, sentindo-se triste por ter sido afastado pela família que escolhera. Sentia falta das Irmãs Esquisitas como eram antes; sentia falta de ficar sentado na cozinha tomando chá, rindo com elas e contando piadas que elas não entendiam. – Olhem só para mim, pareço um daqueles tolos sentimentais em um filme feito para a televisão. Receio estar lhes passando uma impressão totalmente equivocada; geralmente, não sou tão meloso. – Hades olhou para as bruxas sentadas à mesa com ele, sentindo-se satisfeito pela primeira vez desde que fizera o mesmo com as Irmãs Esquisitas.

– Acho que temos a impressão precisa de você, Hades – disse Primrose. – Estou feliz por você sentir que pode ser você mesmo quando está conosco.

Enquanto as bruxas e Hades conversavam, Jacob pegou uma pequena caixa de pederneira de prata e a acionou, produzindo uma chama intensa na sala escura e chamando a atenção deles. Ele acendeu as velas que cobriam a parede baixa, uma por uma, e, quando o fez com a última, a Floresta dos Mortos repentinamente foi banhada de luz, fazendo o grupo suspirar de prazer.

Hades se levantou de seu assento e postou-se perto de Jacob, contemplando o mar infinito de velas tremeluzindo na escuridão. Podia ver os rostos de todos os mortos iluminados olhando para ele através da escuridão e ficou impressionado com os milhares de almas que residiam naquela floresta. De súbito, teve vontade de colocar o braço em volta dos ombros de Jacob.

– Este é um dos mais belos espetáculos que já vi. Obrigado, Sir Jacob. – Ele se sentia inspirado pela Floresta dos Mortos. Inspirado por Hazel, Primrose e Circe. Elas não escolheram ser governantes daquele lugar e em nada se pareciam com as rainhas que as precederam, mas estavam tornando as terras suas e criando algo novo e único. Não vinham se consumindo em amargura e desespero; estavam criando algo bonito.

Hades voltou a se sentar à mesa quando os lacaios-esqueleto entraram na sala, acendendo mais velas e carregando bandejas e mais bandejas de sobremesas. Sobre a longa mesa de pedra, coberta com uma toalha de mesa vermelho-escuro, havia tigelas de sorvete caseiro com frutinhas silvestres frescas, um espesso e fofo chantili, calda de chocolate quente, reluzentes cerejas vermelhas, bolos de aspecto delicioso, tigelas de doces e, é claro, vários bules de chá.

— Oh, olhe só para isso! Obrigado, Primrose! — disse ele, sorrindo. — É tão atencioso de sua parte. Parece o banquete servido pelas Irmãs Esquisitas.

Esse era exatamente o tipo de coisa que ele esperaria de Primrose; ela era a bruxa mais divertida do grupo – e a mais doce. Ele amava todas elas, mas ansiava particularmente pelas aventuras que poderia ter com Primrose no futuro. Ficou surpreso por já adorar essas bruxas, mas algo em Primrose fazia seu coração se sentir feliz e leve. Apreciava o fato de não ter que estar sempre de pé atrás com essas bruxas, e, até agora, elas não o haviam feito perder a paciência, nem uma única vez. Isso devia ter sido algum tipo de recorde. Era exaustivo ter que se esconder constantemente no sarcasmo. Ele gostava de poder mostrar todos os lados de sua personalidade e ainda se sentir seguro, assim como ele começara a fazer com as Irmãs Esquisitas antes que as coisas dessem tragicamente errado.

— Eu não organizei este banquete e sei que não foi Hazel, já que nunca consigo convencê-la a comer sobremesa como jantar! — Primrose disse, rindo.

Hades perguntou-se se, de alguma forma, Jacob tinha ouvido por acaso o Livro dos Contos de Fadas ser reproduzido na biblioteca e assumiu para si a responsabilidade de fazer esse gesto aparentemente pequeno que, na verdade, significava tanto para Hades.

— Não foi Jacob — disse Circe.

Hades não havia protegido adequadamente seus pensamentos de Circe. *Não importa*, ele pensou. *Não tenho nada a esconder dessas bruxas.* Não esperava que Circe fosse afetuosa com ele;

francamente, estava surpreso por ela não o ter atacado verbalmente e o culpado por tudo pelo que passara, pelo que aconteceu com suas mães.

— Se alguém merece ser culpado, são as Rainhas dos Mortos anteriores — disse Hazel, também lendo sua mente. — Um mal generalizado habitou estas terras desde a sua criação; foi cultivado, exaltado e se tornou mais perverso a cada geração, causando a putrefação das almas das rainhas anteriores. E aquela magia vil foi passada de geração em geração; foi isso que fez que as Irmãs Esquisitas se tornassem o que são. E nos recusamos a permitir que nós mesmas ou a Floresta dos Mortos sucumbam novamente a isso. As Irmãs Esquisitas são tão vítimas quanto nós — disse Hazel, os cílios brilhando com lágrimas, fazendo seus olhos cinzentos cintilarem à luz do fogo.

Hades estava grato por Circe ter Primrose e Hazel. Mal podia esperar pelo que aguardava a Floresta dos Mortos tendo como suas rainhas essas encantadoras bruxas, com Primrose lançando seu brilho em lugares escuros, a mente voltada para o futuro, e Hazel ajudando-as a explorar o passado e vê-lo claramente, enquanto Circe enraizava a si mesma no presente, lutando pelo que amava. Elas eram as Moiras desta terra, as novas Irmãs Esquisitas, e, ao dar-se conta disso pela primeira vez, sentiu um arrepio tomar seu corpo. E sentiu-se um pouco triste, porque as Irmãs Esquisitas nunca ocuparam seus lugares como rainhas na Floresta dos Mortos, como ele havia esperado que fizessem. Pelo menos, poderia ajudar essas bruxas a cumprir seus destinos e talvez mudar o seu próprio no processo.

– Um brinde às novas Rainhas dos Mortos! Um brinde às rainhas Circe, Primrose e Hazel! – Hades disse, pegando sua taça e gesticulando para que as bruxas fizessem o mesmo. – Vamos continuar ouvindo o Livro dos Contos de Fadas enquanto desfrutamos deste delicioso banquete? – Hades conjurou o livro em sua mão e o colocou sobre a mesa à direita de onde estava sentado.

– Por que não? Estou pronta para mais algumas mãos de pizzazz! – disse Primrose, fazendo todos na mesa rirem novamente.

– Bem, então vamos apimentar um pouco as coisas e fazê-lo ser lido na minha voz, certo? Sou um narrador muito melhor mesmo – disse Hades.

– Você pode fazer isso? – indagou Primrose.

– Minha querida, claro que posso. Se Cruella De Vil consegue fazer isso, então, por que eu não conseguiria? Sou um deus, afinal; posso fazer o que diabos eu quiser – garantiu Hades. Ele bateu com os longos dedos no Livro dos Contos de Fadas, que começou a ser reproduzido, narrando o restante da história de Hades em sua própria voz.

CAPÍTULO XII

DO LIVRO DOS
CONTOS DE FADAS

Um conto de dois Hades

Então havia dois de mim e, como vocês podem imaginar, foi *delicioso*. Foi o dobro da diversão, o dobro das maquinações diabólicas e o dobro das mãos de pizzazz. Nunca me cansava de dizer a todos o quanto gostava da minha própria companhia. Após a cerimônia de separação do fio, o grupo se desfez; as Moiras voltaram para seu reino e as Irmãs Esquisitas retornaram à Floresta dos Mortos, a fim de procurar uma forma de criar uma nova Circe. Eu lhes disse que, se elas encontrassem o feitiço de que precisavam, eu usaria meus poderes como um deus para ajudá-las.

Levei o outro eu para a Montanha Proibida, para que pudéssemos planejar a derrubada de nosso irmão. As Irmãs Esquisitas nos presentearam com dois de seus espelhos mágicos, a fim de que pudéssemos manter contato um com o outro quando o outro *eu* finalmente voltasse para o Submundo – não que precisássemos deles, mas acho que as Irmãs Esquisitas gostavam de sentir que eu lhes devia um favor, e o fato é que eu devia *mesmo* a elas, mas não por causa dos espelhos. Tinha uma grande dívida para com elas porque havia lhes tirado a irmã, fazendo-as pensar que ela morrera em um incêndio e simplesmente fiquei lá parado observando o luto delas. É claro que luto não me afeta, em geral. Estou literalmente cercado pela morte – e não tenho o hábito de me sentir culpado, mas me senti. Eu me senti culpado pelo que fiz, e o outro Hades não perdia uma oportunidade de me repreender impiedosamente. Para ser sincero, ele era meio cretino.

Embora as Irmãs Esquisitas e as Moiras dissessem que o outro Hades e eu seríamos exatamente iguais, isso não era bem verdade. O outro *eu* era mais como eu era antes de vir para os Muitos Reinos, alimentado puramente por seu ódio e sua amargura, e, sinceramente, não vi problema algum nisso. Tínhamos nossas razões para odiar nosso irmão e nossa vida no Submundo, e, se ele quisesse se apegar a tudo isso e usar para a batalha contra nosso irmão, então era o caso de dizer a ele: *Mete bronca, vai fundo!* Havíamos decidido que, enquanto tomasse meu lugar no Submundo, ele me manteria informado de tudo que acontecesse por lá, e eu, da Montanha Proibida, prepararia o terreno para nosso ataque. Embora as Moiras houvessem me dito que eu libertaria os Titãs e derrotaria meu irmão, as insuportáveis sabichonas não me disseram como fazer isso, mas parti para dar início àquilo com uma jogada diabólica. Havia apenas um pequeno detalhe que todos pareciam ignorar – a questão dos

Titãs. Não havia como eu simplesmente chegar para eles e dizer: *Opa, e aí, estão lembrados de mim? Hades, o cara que ajudou Zeus a derrotá-los e jogá-los neste abismo fedorento. Pois é, então, estou de volta e vou libertar vocês, mas não me ataquem, vão só atrás do meu irmão, beleza?*

Eu precisava ter certeza de que eles ficariam do meu lado. Então, menti.

Zeus colocou cinco dos Titãs que derrotamos em uma prisão no fundo do mar. O Rei Montanha, o Invernal, o Senhor das Chamas, o Sopro Místico e o Ciclope. Não eram os caras mais espertos do antigo panteão, mas eram fortes. O Rei Montanha era exatamente como se imaginaria: uma montanha gigante de duas cabeças; o Invernal era feito de gelo e tinha todos esses poderes legais de gelo; o Senhor das Chamas era um monstro de lava gigante; o Sopro Místico era uma enorme criatura tornado que podia destruir quase qualquer coisa com seus poderosos ciclones; e todo mundo sabe como é um Ciclope – mas, para quem não sabe, bem, deixe-me dizer: você não iria querer competir como ele por quem fica mais tempo sem piscar.

Criei um portal para poder me comunicar com eles enquanto ainda estavam na prisão segura no fundo do mar. Eu era a última pessoa com quem eles iriam querer falar; dei o máximo de mim e usei todo o meu charme. E, quando digo *todo*, é *todo mesmo*. Inventei mais contos da carochinha que os Irmãos Grimm. E fui *incrível!* Criei toda uma saga de entrar para a história! Uma verdadeira tragédia grega! Disse que Zeus me obrigou a fazer aquilo! Barbarizei nas mentiras, e aqueles brutamontes irracionais engoliram tudo como Cérbero devorando uma alma que tente escapar do Submundo. Nem chegou perto da missão perigosa que eu esperava. Foi fácil. Foi moleza.

Empolgado que tudo estava dando certo, decidi contatar o outro Hades. Queria saber como as coisas estavam indo no Submundo. Pedira a ele que recrutasse algumas das criaturas mais cruéis para se juntar a nós na batalha e queria ver como estava o progresso disso, informando-o de que poderíamos contar com os Titãs. O outro Hades e eu decidimos que era mais seguro usarmos os espelhos mágicos que as Irmãs Esquisitas nos deram. A magia delas atuava em uma frequência diferente da magia do meu reino, e não havia a menor possibilidade de que alguém no Olimpo os estivesse acessando. Eu conjurei meu outro eu da maneira que Lucinda havia me ensinado.

– Mostre-me Hades no Submundo.

O outro Hades apareceu, a cabeça em chamas vermelhas, e Agonia e Pânico estavam encolhidos ao fundo, enquanto várias almas deslizavam para o Submundo, fazendo que o contador de almas na parede atrás dele disparasse.

– As coisas não estão indo muito bem, pelo que vejo – disse, balançando a cabeça e me perguntando o que Agonia e Pânico haviam feito para incorrerem em sua ira.

Eu me senti um pouco culpado por estar feliz de não estar lá lidando com aqueles idiotas trapalhões. Já era bastante ruim ter as Moiras entrando e saindo à vontade dos Muitos Reinos; não sabia o que faria se tivesse que lidar também com Agonia e Pânico.

– *Não estão indo muito bem? NÃO ESTÃO INDO MUITO BEM? Esse é o maior eufemismo de todos os tempos! Esses debiloides não mataram*

Hércules, e ele ainda tem a força dos deuses. É assim que as coisas estão indo por aqui! – Ele gesticulou para Agonia e Pânico, que tentavam sair de fininho da minha vista.

– Lembre-me de castigá-los da próxima vez que eu estiver aí!

– *Entre na fila! Os planetas estarão alinhados em questão de semanas. E agora temos que encontrar uma forma de matar Hércules.* – O outro *eu* lançou chamas nos pequenos demônios, fazendo-os fugir da sala em disparada, derrapando.

– Do que você está falando? Temos quase dezoito anos. Tem bastante tempo!

Acontece que, embora eu estivesse nos Muitos Reinos há apenas algumas semanas, quase dezoito anos haviam se passado no meu próprio reino. Não fazia sentido.

– *Acho que o tempo voa quando você está curtindo festas do sorvete e decorando sua nova fortaleza! E não se esqueça da sua* CULPA ESMAGADORA! *Tenho certeza de que isso faz o tempo passar!*

– Não aja como se eu estivesse aqui em cima flutuando nas nuvens como o velho bebezão! Acabei de enganar os Titãs, fazendo-os acreditar que Zeus é o culpado por tudo, e eles concordaram em lutar do nosso lado!

Agora nós dois tínhamos a cabeça ardendo em chamas vermelhas, e eu assustei meus corvos fantasmas. Eles fugiram voando pelas janelas enquanto o outro Hades gritava comigo através do espelho mágico.

– *Fantástico! Mas nada disso importará se não encontrarmos um jeito de matar o Garoto-Maravilha!*

– Então mande Hidra. Ela vai devorá-lo! – eu disse.

Devo ter ficado com toda a inteligência quando meu fio foi dividido; não entendia por que o outro Hades estava simplesmente parado no Submundo explodindo a cabeça quando deveria estar enviando todos os monstros que conhecíamos atrás de Hércules.

– *Hércules já a derrotou! Mas tenho nossa pequena Meg-da-pá-virada no aquecimento e tenho certeza de que ela descobrirá o ponto fraco dele.*

– Ela é *sua* pequena Meg-da-pá-virada, não minha.

– *Eu esqueci; você só coleta as almas de bruxas. Bem, quando terminar sua pequena festa do chá, POR QUE NÃO DESCE AQUI, ONDE É O SEU LUGAR, E ME AJUDA?* – O outro Hades agora estava completamente engolfado pelas chamas, e pensei que não poderia parecer tão ridículo quando *eu* ficava com raiva.

– Ok, ok. Estarei aí assim que puder. Você trama com Meg e eu vou reunir alguns de nossos amigos quando chegar aí. Vamos partir com tudo o que temos para cima dele! Medusa, um grifo, o Minotauro, todos eles!

Rabisquei um bilhete para Pflanze avisando que estaria fora por um tempo e que era para ela ficar de olho no dragão adormecido. Então, esfreguei o espelho rapidamente e chamei as Irmãs Esquisitas, mas elas não estavam lá.

– Onde estão aquelas cabecinhas-de-vento? – Dei-me conta de que provavelmente não havia um espelho com elas. Então, criei apressadamente um vórtice para poder avisá-las que daria um pulo em meu reino para resolver umas paradas e voltaria assim que pudesse.

Vi as Irmãs Esquisitas no pequeno vórtice redondo, mas elas não olhavam para mim. Não tinha certeza se sabiam que eu estava do outro lado, embora eu continuasse chamando seus nomes. Não sabia dizer o que estava acontecendo. Parecia uma cena de um filme de terror antigo. Eu estava meio que esperando Vincent Price começar a narrar a horrível cena ou Christopher Lee aparecer recitando um de seus monólogos assustadores. As Irmãs Esquisitas estavam reunidas em um porão escuro com Gothel, rodeadas de velas, e, quando uma delas se moveu para o lado, vi que estavam de pé junto aos cadáveres de Primrose e Hazel, e entre elas havia uma jovem que parecia estar dormindo sob ação de algum feitiço. Ela tinha cabelos dourados inacreditavelmente longos, que brilhavam na escuridão e estavam enrolados nos corpos das bruxas mortas. As mãos das Irmãs Esquisitas sangravam, e o sangue pingava por toda a garota adormecida e pelas bruxas mortas enquanto elas entoavam seus encantamentos.

— Ei! Cabecinhas-de-vento! Virem-se! — Minha voz as assustou, fazendo-as girar em minha direção. — Então é isso o que fazem quando estão fora? Magia de sangue? Eu lhes disse, não é seguro.

As Irmãs Esquisitas pareciam crianças que foram pegas roubando doces, mas suas expressões rapidamente se tornaram travessas; seus rostos pareciam pálidos e frenéticos pela magia que estavam praticando.

— Estamos ajudando Gothel. As irmãs dela morreram e estamos tentando trazê-las de volta. Foi você mesmo quem nos disse para fazer amizades. Isso é o que amigas fazem — disse

Lucinda, espalhando sangue no rosto enquanto afastava o cabelo dos olhos.

– Quem é aquela garotinha? Quer saber, não importa, não tenho tempo para assistir a um *spin-off* de *Jovens Bruxas*! Farei uma curta viagem ao Submundo para cumprir uma profecia cósmica. Por favor, tentem não se meter em mais problemas antes que eu volte.

Fiquei furioso. Não que eu seja contra acordar os mortos; já reanimei toneladas de defuntos. É muito divertido, na verdade. E não era da minha conta se elas queriam colocar uma princesa sob um feitiço do sono e espalhar sangue nela. Mas havia algo na cena que me deixou arrepiado, a mesma sensação que tive quando as Moiras e as Rainhas Fantasmas disseram que as Irmãs Esquisitas destruiriam os mundos quando descobrissem quem realmente eram. Tive que me perguntar se estava certo em enviá-las por esse caminho. Eu não fazia ideia de que isso iria acontecer. Não vira no Livro dos Contos de Fadas quando o li, mas não tinha tempo para pensar no assunto nem para as travessuras das Irmãs Esquisitas. Teria que falar com elas quando voltasse. Só esperava que elas não causassem mais danos nesse meio-tempo.

Fiz o que pensei ser uma rápida viagem de volta ao Submundo para reunir alguns de meus velhos amigos, como Medusa, o grifo e Minotauro. Todos concordaram em tentar destruir Hércules, e prometi a eles lugares de honra no novo panteão governante se conseguissem. O outro *eu* estava ocupado recrutando mais monstros e trabalhando com Meg por meio de ameaças para ver se ela conseguia encontrar a fraqueza de Hércules. Eu não sabia muito sobre Meg, apenas que ela havia vendido sua alma para o outro *eu* e agora era uma relutante assecla dele. Parecia que ele e Meg tinham resolvido as coisas, então, voltei para os Muitos Reinos para ver como estavam as Irmãs Esquisitas. Fiquei fora por apenas alguns dias, mas anos se passaram nos Muitos Reinos enquanto eu estava fora. Quando voltei, as Irmãs Esquisitas haviam criado uma nova Circe sozinhas, sem minha ajuda, e Malévola havia acordado e estava usurpando minha fortaleza, a Montanha Proibida.

Pensei tolamente que, desde que tanto tempo se passara no Submundo e no Olimpo enquanto eu estava nos Muitos Reinos, isso significava que quase nenhum tempo teria transcorrido nos Muitos Reinos enquanto eu estava ajudando o outro *eu*. Mas parece que não foi o caso. Não fazia sentido. E tudo deu terrivelmente errado. Vi isso no momento em que entrei na casa das Irmãs Esquisitas.

Elas estavam na sala de estar, no chão, cercadas por pilhas de livros, pedaços de papel, velas e potes de pós mágicos. As Irmãs ergueram a vista, surpresas por me ver ali.

— O que está fazendo aqui, demônio? — Lucinda se levantou, olhando para mim. Dava para ver que ela não era a Lucinda que eu conhecia até antes de partir. Faltava algo dentro dela, como se houvesse um espaço vago, e, nesse espaço, outra coisa, algo pútrido, estivesse tomando conta. Em minha mente, vi isso crescendo com o tempo, e sabia que não estava certo. Foi uma sensação para lá de estranha olhar para minhas bruxas mas não sentir mais que eram minhas bruxas. Não eram elas mesmas, e isso me provocou aquele mesmo arrepio pelo corpo.

— O que aconteceu com vocês? Eu só estive fora por alguns dias. O que fizeram a si mesmas?

— Você nos deixou sozinhas por anos, Hades! Não cumpriu sua promessa. Tivemos que criar Circe por conta própria! – disse Lucinda.

— E não queremos você aqui quando ela voltar – disse Ruby. – Então, vá embora!

E, naquele momento, eu soube o que aconteceu. Elas se sacrificaram para fazer Circe. Era isso o que faltava. Elas haviam usado as melhores partes de si para criá-la. E aquele mal que permeava tudo, o legado deixado pelas Rainhas Fantasmas, invadia os espaços vazios dentro delas.

— Nós não sacrificamos nada! – disse Lucinda, lendo minha mente. – Demos a ela as melhores partes de nós e agora temos nossa Circe novamente!

— E vamos fazer o mesmo por Malévola. Ela quer uma filha, então vamos compartilhar esse dom com ela – disse Martha.

— Vocês não podem fazer isso! Isso vai matá-la. Vejam o que fez com vocês!

— O que você quer dizer, Hades? O que há de errado conosco? – perguntou Lucinda, com a cabeça inclinada para o lado, os olhos arregalados e vazios. Fiquei com o coração partido e completamente surpreso em ver como elas estavam alteradas. E a culpa era minha.

— Vocês não são mais as mesmas bruxas que conheci. Sacrificaram muito de si para criar Circe; o feitiço vai corroê-las como fez com as bruxas na Floresta dos Mortos, será que não veem? E agora vocês querem fazer o mesmo com Malévola? Não permitirei que o façam!

– Por que se importa conosco? Você nos deixou aqui sozinhas para nos defendermos por conta própria. Por que não devemos ajudar Malévola? Dar a ela uma filha para amar, alguém para cuidar, por quem viver, para proteger?

– Isso vai arruinar todas vocês. Não estão vendo que é o que as Moiras disseram que aconteceria? Vocês têm que parar com isso agora, antes que seja tarde demais. Precisam recuperar as partes de si mesmas usadas para criar Circe.

– Recuperar? Isso a mataria! – disseram as Irmãs Esquisitas, arranhando os próprios rostos e puxando os cabelos. Elas estavam enlouquecendo. Nunca as tinha visto assim. Corri até elas e tentei fazê-las parar, mas Lucinda me pegou desprevenido e me lançou ao longe com sua magia, fazendo-me voar alguns metros para trás. Fiquei surpreso de ela ter sido capaz de me deter. Mas isso não importava. Aquelas não eram as minhas bruxas; elas não eram minhas cabeças-de-vento adoráveis e às vezes irritantes. Eram outra coisa.

– Você quer que matemos nossa própria filha? – Ruby estava chorando e rasgando a renda de seu vestido.

– Sim, vocês têm que fazer isso! Vou ajudá-las a encontrar uma forma melhor e segura de criar outra Circe, eu prometo. Uma que não as destrua ao longo do tempo. Uma que não despedace suas almas. Essa magia não é segura.

– Foi você quem nos disse para encontrar o feitiço na Floresta dos Mortos, e foi isso o que fizemos! Agora está nos dizendo que é perigoso. Acho que só está com ciúmes. Você nos quer para si. Nunca gostou de Circe.

E, naquele momento, meu rosto apareceu em todos os espelhos das Irmãs Esquisitas. Era o outro eu, contatando-me do Submundo.

— *Hércules derrotou todos eles! Cada uma das criaturas que enviamos atrás dele. E nossa Meg não parece conseguir encontrar sua fraqueza, mas não tenho certeza se ela está dizendo a verdade. Acho que eles estão se apaixonando.*

Lucinda riu.

— Parece que você encontrou a fraqueza dele — ela disse, e a imagem desapareceu em todos os espelhos. — Não há nada aqui para você, Hades. Você abandonou sua fortaleza, deixando-a para Malévola, e nos deu as costas, largando-nos aqui para nos defendermos sozinhas, e agora insulta nossa magia e nos diz para matarmos nossa própria filha? Você nunca se importou conosco. Nunca foi nossa família! — A casa tremeu violentamente com a raiva dela.

— Isso não é verdade, sua idiota! Estou tentando ajudá-las. — Tenho que ser sincero aqui: eu estava de coração partido. Não podia acreditar que tinha deixado aquilo acontecer e decidi que, se fosse necessário, eu mesmo mataria a nova Circe e traria de volta a antiga. Não suportava ver minhas bruxas naquele estado e sabia que a culpa era minha.

— Volte para o Submundo e apodreça. Seu trono está vazio, esperando por você.

Eu nunca tinha visto uma expressão assim no rosto de Lucinda, pelo menos não quando falava comigo. Eu a havia perdido. Havia perdido as Irmãs Esquisitas, e isso me doeu mais que perder meu próprio irmão.

— O que quer dizer?

— Você fez o que faz de melhor. Abandonou o outro Hades, deixando-o enfrentar sozinho a batalha, e ele morreu no rio da morte.

— Você está louca. Eu literalmente acabei de falar com ele!

— Você acha de verdade que, depois de prender Cronos, *o Deus do Tempo*, tantos anos atrás, e *então* concordar em libertar Titãs menores, o tempo estaria ao seu lado?

Nunca pensei que odiaria o som da risada de Lucinda, mas parecia que cacos de vidro estavam sendo cravados em meu coração.

— Não acredito em você, bruxa!

— Então, veja por si mesmo. Está bem ali, no Livro dos Contos de Fadas.

Ela fez um gesto com a mão e o livro voou pela sala, pousando com um baque bem ao meu lado, e se abriu em uma página que continha o meu nome. Estava bem ali. *Minha história!*

— Eu não vi essa história quando li o Livro dos Contos de Fadas!

— Ainda estava sendo escrita — disse Lucinda, sorrindo para mim de um jeito que me fez pensar que ela não estava contando a história toda.

Ela não era mais a bruxa que eu adorava, e me odiava porque achava que eu a havia abandonado. As coisas estavam ficando fora de controle; era loucura, caos e ruína. Assim como estava destinado a ser.

— Li um monte de histórias neste maldito livro que ainda não se realizaram! – eu disse. Não entendia o que estava ocorrendo, e Lucinda não parecia disposta a compartilhar os segredos de seu precioso livro. Perdi a paciência.

— Olhem, bruxas, eu já as amei e, que os deuses me ajudem, ainda posso amá-las, mas vocês estão caminhando perigosamente em corda bamba. Vou lhes dar uma chance de me contarem o que está acontecendo, mas vocês sabem tão bem quanto eu que posso levá-las de volta ao Submundo em um instante e não haverá nada que possam fazer a respeito. Então, comecem a falar!

— Não podemos ler as histórias sobre nós mesmos até que todos os eventos se desenrolem por completo, *geralmente*. Às vezes, podemos lê-las enquanto estão sendo escritas, às vezes não. O que parece ser o caso do seu conto. Olhe, há algo a mais na história, algo que nem mesmo nós podemos ver. Parece que nossos destinos estarão eternamente entrelaçados, e somente o tempo revelará de que maneira.

Aquilo não parecia possível.

— Isso é loucura! – eu disse. Mas fiquei ali sentado e li o restante da minha própria história no Livro dos Contos de Fadas, pelo menos, tudo o que havia sido escrito, e fiquei chocado.

O outro Hades fez um trato com Hércules para desistir de seus poderes por vinte e quatro horas em troca da alma de Meg. Bem pensado, mas obviamente não funcionou. Lucinda estava certa. Meg era a fraqueza de Hércules e, como todos os tolos apaixonados, Hércules concordou para, no fim, acabar descobrindo que ela estivera trabalhando com o outro *eu* o tempo todo. Depois que o acordo foi selado, o outro Hades partiu em sua carruagem alada. E, devo dizer, aquela carruagem era o máximo! Tinha asas pretas de couro em cada lado e um rosto perverso, e era puxada por um dragão negro gigante com olhos vermelhos. Os planetas se alinharam precisamente como as Moiras haviam determinado, e um facho de luz escuro disparou do cosmos para o local exato onde o outro Hades encontraria os Titãs. Tudo estava correndo de acordo com o planejado. Só que eu não estava lá. Eu deveria estar lá! Era a *minha* batalha, *meu* plano magistral, tudo pelo que trabalhei! Tudo o que eu podia fazer era ler sobre ela, quando as águas do mar se separaram e o abismo foi revelado. O outro Hades chamou os Titãs. Ele era imponente e magnífico de se contemplar.

– Irmãos! Titãs! Olhem só para vocês nessa prisão imunda. Quem botou vocês aí? – ele gritou.

– Zeus! – os Titãs responderam.

– E, agora que estou libertando vocês, qual é a primeira coisa que vão fazer, irmãos? – Sua voz era grave, vil e carregada de suas intenções sombrias.

– Destruí-lo! – os Titãs rugiram.

Um por um, os colossais Titãs marcharam em direção ao Olimpo, todos exceto Ciclope, que Hades enviou para matar Hércules. Um plano brilhante! Um plano que deveria ter funcionado. Hércules era humano agora, vulnerável; tudo estava a nosso favor. Não havia como Hércules vencer uma luta contra um Titã sem a força divina. Só que ele conseguiu. Tudo por causa de um detalhe. Um detalhe! Algo a ver com o acordo que ele fez com o outro Hades, uma coisa idiota sobre nenhum dano a Meg, e, quando ela se machucou, bem, o trato foi desfeito, e Hércules recuperou seus poderes.

Enquanto isso, o outro *eu* estava sentado no trono no Olimpo, bebendo néctar de uma taça enfeitada com um guarda-chuvinha, como um tolo, ao mesmo tempo que o Invernal e o Senhor das Chamas envolviam Zeus em lava endurecida. E quem aparece senão Hércules, assim como as Moiras haviam dito que ele faria, e o resto é história. Ou mito, ou como quer que você escolha interpretar isso. Para mim, foi uma derrota.

A expressão no rosto das Irmãs Esquisitas enquanto eu lia o Livro dos Contos de Fadas me dizia que aquilo era verdade. Vi tudo em minha mente enquanto lia, quase como se estivesse acompanhando os eventos em um dos espelhos mágicos das Irmãs Esquisitas. Gostaria de ter acompanhado – talvez eu pudesse ter ajudado, impedido, mudado o curso do destino. Mas não havia nada, simplesmente nada que eu pudesse fazer quando vi Hércules entrar no Submundo montado em *meu cachorro* e atirar o outro *eu* no rio da morte, selando meu destino.

Eu falhei. Falhei com o outro Hades, falhei comigo mesmo e falhei com as Irmãs Esquisitas. Parecia que *este* era meu destino. Assim como era meu destino assumir novamente o trono no Submundo. Mas esse não era o fim da minha história. Como disseram as Irmãs Esquisitas, minha história ainda estava sendo escrita.

CAPÍTULO XIII

UMA MUDANÇA DE DESTINO

O Livro dos Contos de Fadas parara de ser reproduzido, mas, como disse Hades, sua história não havia acabado; ainda estava sendo escrita. Nuvens escuras se acumulavam agora sobre a Floresta dos Mortos, iluminadas pelos reflexos dos raios vermelhos que atingiam as paredes de pedra da mansão, fazendo-as rachar e desmoronar. O céu estava vermelho-sangue, e os anjos de pedra na Floresta dos Mortos choravam, exatamente como as Moiras advertiram. A sala tremia, fazendo que tudo sobre a mesa chacoalhasse, os pratos batendo e as xícaras tombando. Todos olharam ao redor, perguntando-se o que estava acontecendo, e então viram – a cabeça do dragão na lareira se mexia. Ganhara vida, virando-se de um lado para outro, quebrando a pedra. A lareira desabou, libertando o dragão do aprisionamento.

Todos saíram rapidamente da mesa de jantar, antes que o dragão investisse contra ela, e a mesa se partiu em pilhas de pedras irregulares. O dragão saltou para a parede baixa, derrubando as velas e fazendo ruir um dos pilares enquanto abria suas longas asas, e alçou voo em direção ao céu.

A mansão tremia tão violentamente que pedaços de pedra caíam do teto enquanto as criaturas esculpidas na construção ganhavam vida, uma por uma, quebrando as janelas para fugir e subindo ao céu para se juntar ao dragão. O grupo correu até a janela para ver o que estava acontecendo. Corvos de pedra, gárgulas e harpias voavam livremente. Até mesmo os anjos chorosos agora estavam vivos e circulavam sobre a Floresta dos Mortos, enquanto os mortos emergiam dos túmulos, marchando em direção à mansão.

Hades olhou em volta, tentando encontrar a fonte da magia, a pessoa ou a coisa que estava causando aquilo. Ele aquietou a mente e sentiu as vibrações das entidades responsáveis, mas elas queriam enganá-lo. Encontravam-se ocultas nas sombras, como as bruxas traiçoeiras que eram, e, então, naquele momento, ele soube de quem se tratava: as Irmãs Esquisitas.

— Isso é culpa minha! — Circe gritou. — Eu nunca deveria ter tentado fundir minhas mães para formar uma pessoa. Nós éramos felizes no Lugar Intermediário. Mas eu fui egoísta e queria minha mãe comigo na terra dos vivos, aqui na Floresta dos Mortos. Achei que as combinar tornaria isso possível.

— Você fez o que estava escrito, Circe. Não era seu destino ficar no Lugar Intermediário. Assim como não era o meu permanecer nos Muitos Reinos — disse Hades.

— Então, você está destinado a ser o senhor do Submundo, condenado para sempre a ficar sozinho? Só para constar, eu ficaria feliz em ajudá-lo a destruir Zeus, se você me pedisse.

Quase destruí seu outro irmão pelo que ele fez com Úrsula – disse Circe, fazendo Hades sorrir. Ele adorava captar vislumbres de Lucinda nela.

— Não me entenda mal, mas você realmente possui as melhores partes de suas mães – disse ele. – Nenhum de nós pode escapar de nosso destino, Circe.

— Ela não é nada como nós! – As vozes das Irmãs Esquisitas ressoaram em toda a mansão, fazendo-a trepidar com mais violência que antes; mais pedras desmoronaram ruidosamente ao redor deles.

Hades ouviu seus gritos agudos vindos da biblioteca e o grupo correu para ver o que estava acontecendo.

Lá, eles se depararam com as Irmãs Esquisitas atravessando o retrato pendurado sobre a lareira. Fincando as unhas como garras para sair. Pareciam insetos gigantes, seus corpos se contorcendo e se espremendo para fora do espaço apertado, arrastando-se para baixo pelas paredes de pedra até que finalmente estavam de pé diante deles. Lucinda parecia ter sido despedaçada e costurada novamente de forma aleatória. O sangue escorria dos grandes cortes em seu rosto enquanto ela ria descontroladamente. Os rostos de Ruby e Martha também estavam encharcados de sangue, seus olhos perscrutando Hades e as bruxas mais jovens, irradiando dor, terror e ódio. Até Hades estava horrorizado, mesmo sendo ele o governante dos mortos. Ele estudou seus rostos, tentando encontrar algo das bruxas que amava, mas as bruxas que amava não estavam mais dentro delas, e algo realmente horrível havia tomado seu lugar. Partia-lhe o coração vê-las daquele jeito.

— Oh, Lucinda, minha querida bruxa. Quem fez isso com vocês? Por que não usaram magia para curar esses ferimentos? — ele perguntou, tocando com ternura os cortes profundos no rosto dela.

— Eu queria que Circe visse o que ela fez comigo. Estou atormentada. Você sabe que Circe deve morrer. Pensou em fazer isso você mesmo, anos atrás. É a única maneira de acabar com isso, a única maneira de nos ter de volta.

— Ah, meus amores — disse ele, olhando para as Irmãs Esquisitas. Ele sabia que devia isso a elas. Sabia que devia consertar as coisas. Circe iria compreender.

CAPÍTULO XIV

FELIZES PARA SEMPRE NO ALÉM

Hades estava de volta ao Submundo depois de sua provação na Floresta dos Mortos, bebendo vinho de romã no terraço e observando o barqueiro escoltar os mortos. Passara a adorar aquela vista do rio Estige, e tornou-se seu ritual noturno assistir aos mortos pisarem pela primeira vez nas margens do Submundo. Mas, nesta noite, aguardava os recém-chegados com ainda mais expectativa que de costume. Ele observou enquanto saíam da barca, cada um deles entregando uma moeda a Caronte antes de descer e seguir para sua fortaleza, onde havia um farto banquete esperando por eles.

Hades havia passado muitas noites assim, tentando se contentar com a companhia dos mortos, e essa noite não seria diferente. Viu seus novos convidados chegando, subindo o caminho sinuoso que levava ao palácio, levantou-se e foi até o salão de jantar para saudar os mortos antes do banquete, como era de costume. Esta noite haveria menos convidados que o normal, mas Hades não se importava. Ouviu o som de seus saltos batendo no chão de ônix e soube que elas estavam quase lá.

E, então, ele as viu, suas bruxas, Lucinda, Ruby e Martha, a aparência exatamente como na noite em que as conheceu.

— Bem-vindas de volta, bruxas! — ele disse, sorrindo para elas. Suas doces risadas ecoaram pelos corredores do Submundo enquanto gritavam seu nome e corriam para cumprimentá-lo, abraçando-o repetidamente e cobrindo suas bochechas com batom vermelho.

— Então, suponho que vocês me perdoaram por matá-las? — ele perguntou, servindo-lhes um pouco de vinho e entregando-lhes as taças.

— Você nos tornou completas novamente. Salvou Circe e nos salvou. É claro que perdoamos você.

— Graças às divindades — disse ele, espiando-se em seu espelho mágico. — Estou parecendo o Jack Burton![8] — completou, enquanto limpava o batom de seu rosto. Sabia que as Irmãs Esquisitas não faziam ideia de quem ele estava falando, mas não importava. Sentia-se feliz por estar mais uma vez na companhia de suas bruxas, por estar rindo com elas e fazendo piadas que elas não entendiam. — E, como eu sei que vocês vão perguntar: Circe está bem, assim como Primrose, Hazel e Jacob. Eles estão trabalhando para restaurar a Floresta dos Mortos — disse Hades, evitando mais beijos e abraços.

---

8 Personagem de Kurt Russel no filme *Os aventureiros do Bairro Proibido*. Hades se refere à cena em que o par romântico de Jack o beija com batom e ele não limpa a boca, permanecendo com os lábios vermelhos durante algum tempo para produzir um efeito cômico. (N.T.)

– E as Rainhas Fantasmas? Circe, Primrose e Hazel sabem como se proteger delas? – Lucinda voltara a ser ela mesma há apenas algumas horas e já estava preocupada com Circe. Hades estava encantado.

– Oh, eu bani aquelas bruxas. Deveria ter feito isso centenas de anos atrás. Mas chega desse papo. Tenho uma surpresa para vocês... Bem, duas surpresas, na verdade – Hades disse, sorrindo e estendendo as mãos, os dedos balançando animadamente.

– Essa é a nossa surpresa? Mãos de pizzazz? – perguntou Martha, revirando os olhos.

– Não, sua cabeça-de-vento! Mas são muito legais, não são? – ele respondeu, rachando de rir sozinho outra vez. – Essa surpresa é ainda melhor que mãos de pizzazz, por mais incrível que pareça! CONTEMPLEM! – disse, esticando o braço como um apresentador de circo faria ao anunciar uma grande atração.

– Circe! – gritaram as Irmãs Esquisitas, correndo na direção dela. – O que você está fazendo aqui? – E, então, elas se detiveram, percebendo quem era. Aquela não era a filha delas; era sua irmã. A Circe que havia sido tirada delas tantos anos antes. As bruxas simplesmente ficaram paradas ali, olhando para ela, até que foram tomadas de alegria, cobrindo-a de beijos e abraçando-a sem parar.

– *Ninguém vai dizer oi para mim?* – Era Pflanze.

As Irmãs Esquisitas abriram a boca de surpresa, correndo até a gata e enchendo-a de carinhos, dando-lhe beijos e afagos atrás das orelhas.

– Como você chegou aqui, sua gata malvada? – perguntou Lucinda, pegando-a no colo.

— Pflanze já está comigo há algum tempo – disse Hades, coçando-a sob o queixo. – Nada mais apropriado que a grande Hécate ocupar seu lugar no Submundo, ao qual ela pertence. – Hades sorriu para elas, mostrando dentes de adaga e olhos amarelos brilhantes.

— *Esse era o nosso segredo, Hades!* – disse Pflanze, olhando feio para ele.

— Ah, qual é, somos todos uma família aqui. E até parece que elas não iriam adivinhar depois que Circe finalmente a trouxesse de volta à sua aparência real quando lhe desse na telha – ele falou, atrevidamente.

— Como é? O que está acontecendo? – perguntaram as Irmãs Esquisitas em uníssono. Elas não tinham ideia do que Hades estava falando.

— Acalmem-se, todas vocês. Podemos conversar sobre isso durante o jantar. E, vejam, mandei meus lacaios usarem minha melhor porcelana de ossos – ele disse, gargalhando novamente e enchendo as taças de crânio com mais vinho. – Sacaram? *Porcelana de ossos?*

Desta vez, as Irmãs Esquisitas entenderam a piada e acabaram todas no chão rindo, derrubando suas taças e derramando o vinho.

— Façamos um brinde – disse Hades, entregando a cada uma delas uma nova taça. – À família. – Ele ergueu a taça com uma das mãos enquanto acariciava Pflanze com a outra. – A Circe, a Hécate e às minhas pequenas Erínias! Que possamos todos viver deliciosamente.

Hades estava feliz, mais feliz do que jamais estivera, e perguntou-se se eles mereciam um final tão deleitoso, mas não se importava. Finalmente havia risos no Submundo outra vez. Suas bruxas estavam em casa enfim.

EPÍLOGO

Circe, Primrose e Hazel estavam em seu pátio, olhando para a cortina escura da noite salpicada de estrelas cintilantes. A maioria dos mortos voltara para seus locais de descanso, com as estátuas que ganharam vida quando Lucinda atacou a Floresta dos Mortos. Até mesmo o dragão de pedra estava agora de volta ao seu lugar, e Jacob descansava em sua cripta. Estavam todos exaustos, e a Floresta dos Mortos mais uma vez estava em paz, graças a Hades. As rainhas quase sentiram falta de tê-lo ali e se perguntaram se ele as visitaria novamente. Parecia que o caos finalmente havia terminado para as senhoras da Floresta dos Mortos. Hades levara Lucinda, Ruby e Martha com ele para o Submundo e banira as Rainhas Fantasmas, que nunca mais assombrariam seu reino. E pareceu a Circe, Primrose e Hazel que elas eram realmente livres para fazer da Floresta Morta o que quisessem, efetuando uma mudança real nos Muitos Reinos. A partir desse ponto, elas escreveriam o Livro dos Contos de Fadas e compensariam o que as rainhas anteriores e as Irmãs Esquisitas haviam feito durante seus reinados de terror.

Voltaram para dentro da mansão, inspecionando todos os cômodos para se certificar de que haviam reparado todos os danos, até que finalmente chegaram ao solário, onde chá e biscoitos as esperavam. Elas se sentaram e beberam seu chá, conversando sobre o ocorrido, cada uma delas sentindo que tudo estava diferente agora. Sabiam que as Irmãs Esquisitas nunca mais voltariam, pelo menos não na loucura ou no terror.

– Parece que Hades esqueceu sua xícara de chá! Aposto que é porque ele quer uma desculpa para voltar – disse Primrose, rindo. Mesmo estando tão cansada quanto sua irmã e Circe, sabia que o sono não viria para ela esta noite. Muita coisa tinha acontecido, e havia tanto pelo que ela ansiava...

– Tenho certeza de que a xícara de chá seria a última coisa que passaria pela cabeça de Hades, Prim. Ele estava ocupado com as Irmãs Esquisitas e com tudo mais que acontecia – disse Hazel, meneando a cabeça para ela. Primrose sabia que sua irmã estava apenas cansada. Elas haviam passado por tanta coisa nas últimas semanas, mas mesmo que Hazel e Circe não percebessem isso agora, Primrose sabia que elas teriam mais aventuras pela frente. Mas ela esperaria até de manhã para compartilhar isso com elas.

– Eu sei disso! Só estou dizendo que espero que ele queira voltar – disse Primrose, tomando um gole de chá e continuando: – Mas sabe o que eu não entendo? O que tudo isso significa para a história de James?

– Como você sabe o que aconteceu na história de James? Quando você teve tempo para lê-la? Achei que tínhamos decidido que não iríamos ler histórias que ainda não aconteceram, não é? – perguntou Hazel, baixando sua xícara com um tantinho de impaciência.

– Não se zangue, Hazel. Eu não li; não precisei. Eu simplesmente sei. Conheço quase todas as histórias que ainda não aconteceram.

– Como? – perguntou Hazel.

– Foi algo que ouvi quando Hades estava pensando em nós. Algo sobre como eu ser aquela que olha para o futuro, você a que preserva o passado, e Circe aquela que se mantém firmemente plantada no presente. Claro, a maneira como ele pensou era muito mais florida e dramática, mas você entendeu.

– Isso ainda não explica como você sabe todas as histórias que ainda não aconteceram – disse Hazel, girando a xícara de chá no pires repetidas vezes, encarando a irmã.

– Você não vê? Se dividirmos o tempo entre nós três, nunca será um fardo. E uma vez que Hades colocou a ideia na minha cabeça, tudo que eu tinha de fazer era decidir qual era o papel que eu queria, e todas as histórias me inundaram.

– E o que isso tem a ver com James? – perguntou Circe, que ouvira em silêncio até então.

– Na história de James, Lucinda está no Lugar Intermediário, e Ruby e Martha continuam dentro dela, mas essa história ainda não aconteceu. O mais estranho é que você faz referência à ruptura dos mundos, mas parecia algo que tínhamos de consertar, não Hades. O que isso significa?

– Acho que significa que Hades mudou o destino. Talvez tenhamos o poder de mudar nosso destino, mesmo que apenas um pouco. E graças aos deuses, porque não conseguiria pensar em um final mais feliz para Hades e minhas mães – disse Circe, sorrindo para Primrose e Hazel.

– Você percebe o que aconteceu? Na verdade, mudamos os eventos no Livro dos Contos de Fadas. Isso é incrível – disse

Primrose. Ela estava mais feliz do que nunca. E se perguntava se seria possível mudar o destino dos outros. Só o tempo diria.

Nesse momento, um corvo voou por uma janela aberta com um pergaminho amarrado em seu pezinho. A ave se empoleirou na mesa perto da janela, de olho no prato de biscoitos de cereja e amêndoa disposto entre as gulodices para o chá. Ele pulou impacientemente e então esticou o pezinho para que uma delas pegasse o pergaminho.

— Ah, deve ser de Branca! — disse Primrose, pegando o bilhete do corvo. — Obrigada — ela disse ao pássaro, dando-lhe uns tapinhas na cabeça e um biscoito depois que ele soltou um ruído suave. O corvo comeu o biscoito e voou pela janela, crocitando para os corvos e gralhas empoleirados nas árvores do pátio.

— O que diz? — perguntou Circe.

Primrose parecia pálida e assustada.

— Branca de Neve necessita da nossa ajuda. Algo está errado com o espelho de Grimhilde. Ela precisa de nossa presença lá imediatamente.

E, naquele momento, Primrose, Circe e Hazel souberam que eram verdadeiramente o novo trio de bruxas naquela terra. Um novo tipo de Irmãs Esquisitas. Seriam as Senhoras da Luz, assim como disse Hades.

FIM

LEIA TAMBÉM A SÉRIE
TWISTED TALES

**E SE ALADDIN NUNCA TIVESSE
ENCONTRADO A LÂMPADA?**

Quando Jafar rouba a lâmpada do Gênio, ele faz uso de seus dois primeiros desejos para se tornar sultão e o feiticeiro mais poderoso do mundo. Assim, Agrabah passa a viver sob o medo, à espera do terceiro e último desejo de seu novo líder. A fim de parar a loucura do ambicioso feiticeiro, Aladdin e a princesa Jasmine, agora deposta, precisarão unir a população de Agrabah em uma rebelião. No entanto, a luta por liberdade passa a ameaçar a integridade do reino, acendendo as chamas de uma guerra civil sem precedentes.

O que acontece a seguir? Um pivete se torna líder. Uma princesa se torna revolucionária. E os leitores nunca mais irão enxergar a história de Aladdin da mesma maneira.

E SE ANNA E ELSA NUNCA TIVESSEM SE CONHECIDO?

Depois da morte inesperada dos pais, Elsa é forçada a responder a essas perguntas mais cedo do que esperava, tornando-se a única governante de seu reino e ficando mais solitária do que nunca. Mas, quando poderes misteriosos começam a se revelar, Elsa passa a se lembrar de fragmentos da infância que parecem ter sido apagados – fragmentos que incluem uma garota de aparência familiar. Determinada a preencher o vazio que sempre sentiu, Elsa deve cruzar seu reino gelado em uma jornada angustiante, a fim de quebrar uma terrível maldição… e encontrar a princesa perdida de Arendelle.

E SE O PAÍS DAS MARAVILHAS ESTIVESSE EM PERIGO E ALICE ESTIVESSE MUITO, MUITO ATRASADA?

Alice é diferente das outras garotas de dezoito anos que vivem na Kexford vitoriana, e considera isso perfeitamente normal. Ela prefere passar as tardes douradas tirando fotos com sua fiel câmera, conversando com a ultrajante tia Vivian ou visitando as crianças na praça em vez de recepcionar visitantes ou fazer bordados. Mas, quando Alice revela as últimas fotos de seus vizinhos, aparecem rostos estranhamente familiares no lugar: a Rainha de Copas, o Chapeleiro Maluco, até a Lagarta! Há algo bastante anormal neles, mesmo para as criaturas do País das Maravilhas. E, em seu autorretrato, Alice encontra a imagem mais perturbadora de todas: uma garota de cabelos escuros, presa e ferida, implorando por sua ajuda.

E SE A RAINHA MÁ TIVESSE ENVENENADO O PRÍNCIPE?

Após a morte de sua amada mãe, o reino de Branca de Neve cai nas mãos da madrasta, chamada de "Rainha Má" pelos súditos. Branca mantém a cabeça baixa no castelo e alimenta a esperança de tirar o melhor proveito da sua situação.

Mas, quando uma trama para matá-la dá errado, tudo muda para Branca. Com a ajuda de um grupo de anões desconfiados e de um príncipe gentil a quem ela imaginava nunca mais ver, a princesa embarca em uma jornada para deter a Rainha Má e retomar seu reinado. Será que Branca conseguirá vencer uma inimiga que conhece todos os seus movimentos e que fará de tudo para ficar no poder… inclusive perseguir aqueles a quem Branca ama?